KB176751

발맞추어 걷습니다

발맞추어 걷습니다

글·그림 이윤미
일러스트 박윤슬

행복우물

엄마의 취향

"엄마, 여행 어떠셨어요?"
"나 다시는 느그(너희) 아빠랑 여행 안 갈 꺼라."

조금씩 모은 돈으로 부모님을 제주도에 여행 보내드린 적이 있다. 두 분만의 여행은 신혼여행 이후로는 처음이셨다. '비행기 태워드렸다'라는 뿌듯함으로 어깨가 으쓱한 나의 질문에 엄마는 찬물을 확 끼얹으신다.

애써 실망감을 감추고 찬찬히 엄마의 이야기를 들은 후, '평생을 자식들 원하는 것만 해 주시다가 두 분만 있으시니, 무엇을 하고 싶은지 모르셨구나' 하는 생각이 들었다. 여행 내내 '당신 하고 싶은 대로 해'만 앞다투어 되뇌이시다가 여행 기간이 끝나버리셨던 거였다.

엄마도 아빠도 젊었을 적에는 취향이라는 게 있으셨을 텐데 자식들에게 헌신하며 살아가시는 동안 당신이 무엇을 좋아하는지, 무엇을 하고 싶은지 생각하는 법을 잊으셨구나 싶었다. 안타까운 마음을 소중하게 간직하며 나는 엄마가 되어도 '취향을 잃지 말아야지' 생각했다.

우리 부모님은 다 쓴 것 같은 치약을 끝없이 쥐어짜고도 가위로 잘라 내부를 닦아 쓰셨던 것처럼, 본인들이 가지신 모든 것을 끝까지 쥐어짜 자식들에게 내어주시는 삶을 사셨다. 그런 부모님의 헌신에 나는 몸 둘 바를 모를 정도로 감사하지만, 부모님을 생각할 때면 안쓰러움이 앞서는 게 사실이다.

그 시대에는 모두 부모로서의 삶은 그런 게 당연한 거라 여겼다. 우리 부모님도 그 삶이 고역스러웠다고 후회하지 않으신다. 지금까지도 자식들에게 올인하시고 자식들에게 아낌없이 퍼주실 궁리만 하시면서 보람을 느끼고 행복해하신다. 다시 그때로 되돌아가도 그렇게 하실 거란다.

시대가 변했기 때문일까? 나는 엄마 아빠처럼 다 썼다

고 생각되는 치약을 최선을 다해 짜내지 않는다. 나 자신을 끝까지 짜내어 자식들에게 주려고 노력하지도 않는다. 부모님께서 정성을 다해 키우신 덕에 나는 여전히 내 인생도 중요하다. 나의 아이들이 커서 엄마를 생각할 때 안쓰러운 마음이 들지는 않았으면 좋겠다.

아이가 자라는 데는 부모의 헌신이 분명 필요하지만 나는 균형을 맞춰 보고 싶다. '엄마'라는 이름으로 살기 위해 '내'가 사라지는 것을 두고 볼 수만은 없으니 말이다. 아이들 장난감 살 돈을 아껴 내 옷을 사 입고, 돌잔치와 앨범 촬영할 돈으로 여행을 갔다. 옷 고르기, 옷 입기, 신발 신기, 장난감 정리 등 아이들이 스스로 할 수 있는 일은 스스로 하도록 했다. 아이들과 놀 때도 내가 재미있는 부분은 참여하더라도 내가 하기 싫은 건 억지로 해 주지 않았다. 성실하게 엄마의 삶을 사는 중에도 최선을 다해 나를 존중해 주고 싶었다. 덕분에 나는 여전히 취향이 강하고 하고 싶은 것도 많다.

아이들과 함께 떠난 한 달간의 여행은 나의 취향이자 내가 하고 싶었던 놀이다. 아이들을 데리고 여행을 간다고 하면 교육을 위한 것이라 여기거나, 일상에 지치고 힘들었을 것이라 넘겨짚는다. 글쎄, 나는 아이들에게 가르치고 싶은 게 많지도 않고, 도망가고 싶을 만큼 힘든 일상이 있었던 것도 아니다. 그저 나는 여행을 좋아한다. 그냥 해 보고 싶었을 뿐이다. 해 보고 싶은 일에 꼭 이유가 있어야 하는 건 아니니까.

짧은 여행은 성에 차지 않아 방학 기간 전체를 여행 기간으로 잡았다. 낯선 장소를 좋아하기에 가보지 않은 도시들을 여행지 목록에 넣었다. 세심하게 준비된 여행을 좋아하지 않아 계획 없이 무작정 떠나버렸다. 그림을 좋아하기에 스케치북과 팔레트를 챙겼다. 그렇게 이유도 목적도 없이 아이 둘을 데리고 집을 나섰다. 빨간 코를 날려버릴 듯 차가운 바람이 쌩쌩 불어대는 한겨울에 말이다.

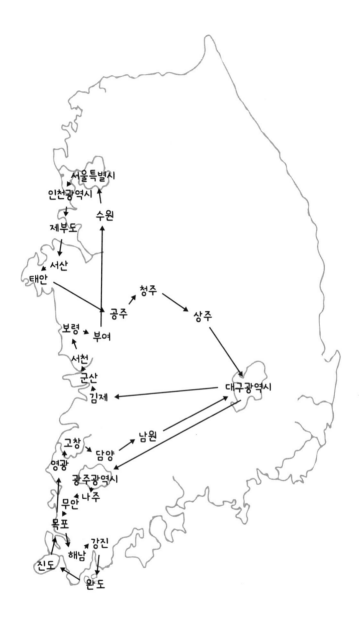

목차

첫째 주
대구-광주-나주-무안-해남-강진-완도-진도

⚑

▼

둘째 주
목포-영광-담양-남원-대구-김제

셋째 주
군산-서천-보령-부여-수원-서울

넷째 주
서울-인천-화성-서산-태안-공주-청주-대구

한 달간의 서해일주, 콜?

"엄마, 오늘은 집에서 쉬자."

이게 세 살 된 딸에게 엄마가 들을 말인가?

여행에 진심인 엄마는 여행에서 돌아오기가 무섭게 다음 여행을 계획한다. 아니, 여행에서 돌아오는 길에 다음 여행을 계획하고, 여행 중에 다음에 가고 싶은 곳을 떠올린다. 내가 어릴 적에 여행도 직업이 될 수 있다고 생각했다면 내 꿈은 '여행가'가 아니었을까? 어느 날 문득 아들에게 말했다.

"엄마는 여행가가 꿈이야."

"엄마 40살이잖아."

"요즘 100세 시댄데 마흔 살이면 엄청 젊은 거야."

"그러면 엄마 그림 그리는 거 좋아하니까, 그림 그리는 여행가 해."

그날부터 내 꿈은 그림 그리는 여행가가 되었다.

어릴 적에 여행 경험이 많지는 않았지만, 기회가 생길 때마다 새로운 풍경에 들뜨고 신났던 기억을 소중하게 마음에 담았다. 그렇게 즐거웠던 추억이 차곡차곡 쌓여 나는 여전히 호기심 많은 아이처럼 가보고 싶은 곳을 손꼽으며 여행가를 꿈꾼다. 다행히 나는 꿈 많은 40대가 되었다.

엄마가 여행을 좋아하다 보니 자연 아이들을 데리고 많은 곳을 누비게 된다. 주변에서는 그런 우리를 보며 아이들을 부러워하지만, 나는 엄마의 여행에 동참해 주는 아이들에게 늘 고맙다. 세 살부터 지쳤으면서(하하) 여전히 엄마를 따라다녀주는 딸은 효녀가 아닐 수 없다.

여행의 빈도도 그렇지만 아이들이 자라면서 각자의 취향이 생겨나 엄마가 계획하는 여행이 늘 아이들의 구미에 맞는 것도 아닐 것이다. 아들은 들판에서 공 던지는 것에 가장 신나고, 딸아이는 많이 걷는 여행은 딱 질색하는데, 엄마는 운동에는 관심도 없으면서 걷는 것은 무척 좋아한다.

물론 엄마편에서도 아이들과 동행하는 여행은 '개고생'이라고 표현될 만큼 쉬운 일은 아니다. 혼자 다니는 것만큼 자유롭지 못할뿐더러 여행 중에 보호자로서 짊어지게 되는 임무도 많다. 아이들에게는 여행 메이트로서의 장점보다 단점을 꼽기가 더 쉬울지 모르겠다.

하지만 나는 여전히 아이들과 함께 여행하고 싶다. 아이들이 엄마를 최고로 좋아하는 시기가 막을 내리기 전에(사춘기가 다가오고 있다), 사랑하는 나의 분신들에게 내 인기가 사그라들기 전에 조금 더 많은 시간을 함께 보내고 싶다. 엄마에게 온 마음을 다하는 어린아이의 사랑이 모성애를 뛰어넘을 거라고 생각한 적이 있다. 다만 아이들의 그 큰 사랑은 영원하지 않다. 이 길 위에서 나는 나의 마지막 인기를 마음껏 누려야겠다.

"이번 겨울 방학 때는 한 달 동안 서해를 일주해 보는 게 어때?"

그동안 여행 다닌 곳을 지도에 칠하고 보니 서해 쪽이

허전하다. 대구에서 서해는 멀고 가기 힘든 곳이라 내게는 미지의 땅이 되었다. 늘 지도를 보며 이 미지의 땅을 기어코 내 발로 밟고 정복해보고 싶었다. 한 번 가기 쉽지 않으니 간 김에 오래 머물면 좋겠다는 것이 단순한 내 생각의 흐름이다.

여행 장소를 정할 때 추억이 있는 곳을 여러 번 반복해서 가는 사람이 있고, 늘 새로운 곳을 찾아가는 사람이 있다. 충분히 예상되듯 나는 후자에 속한다. 내게 여행은 새로운 곳을 찾아 떠나는 탐험이자 모험이다. 내가 가보지 않은 곳에 무엇이 있을지 궁금함을 이기지 못하고 나는 오늘도 집을 나선다.

"좋아."

엄마의 뜬금없는 제안에 두 아이는 찰나의 고민도 없이 찬성해놓고 뒤늦게 걱정을 표한다(이미 간다고 했다, 말 바꾸기 없음).

"아빠는? 아빠 안 가면 많이 걸을 텐데…"(엄마랑 여행 갔다가 개고생한 적이 한두 번이 아니다.)

"아빠는 우리만큼 시간이 많지 않으니까 주말마다 우리가 있는 곳으로 오시면 될 것 같은데?"(겉으로 보이는 걱정의 포인트는 '고생'이지만 엄마가 파악한 요점은 '아빠'다.)

속 시원한 해결책은 아니지만, 엄마의 말에 딸은 고개를 끄덕인다.

"나 방학 때 티볼 특강 하고 싶은데?"

"방학은 2월에도 있으니까 그때 티볼 수업 신청해 줄게."

그렇게 두 아이는 하고 싶은 것도, 걱정도 밀어 두고 엄마의 여행 계획에 찬성표를 던져 주었다.

"그래, 나도 시간 좀 내 보지, 뭐."

나의 여행 계획에 늘 토씨 하나 달지 않는 고마운 남편도 흔쾌히 내 말에 힘을 실어준다. 내가 좋아하는 일에 온 가족이 마음과 시간을 내어주다니, 앗싸아아, 나 벌써 신나!

결혼 전 가족들과 3박 4일 동안 강원도 여행을 간 적이 있다. 여행이 쉽지 않던 시절이라 그렇게 4일씩이나 가족여행을 간 것이 처음이었다. 아버지는 내게 여행 계획을 세워보라고 하셨고, 나는 상당히 들떠 열정적으로 여행 정보를 검색했다. 가보고 싶은 곳, 해 보고 싶은 것은 많고 여행에는 초짜였던 내가 준비한 여행 일정은 강행군을 방불케 하는 여정이었다. 그때는 강원도가 그렇게 넓은 줄도 몰랐으니.

내비게이션도 없었고, 운전을 할 수 있는 사람은 아버지뿐이었다. 한여름에 성인이 된 세 자녀를 포함한 다섯 식구가 한 차를 가득 메우고 앉아, 군데군데서 커다란 강원도 지도를 펼쳐 머리를 맞대고, 이름 모를 계곡에 발을 담그고 수박을 깨 먹으며 나흘 동안 거의 강원도 한 바퀴를 도는 무리한 여정을 소화해냈다. (말도 안 되는 무리한 일정을 그대로 따라준 가족들에게 이 자리를 빌려 심심한 감사의 말씀을 전합니다. 히히.)

나흘 동안 강원도 한 바퀴를 도는 일정에 비하면 26일 동안 땅끝마을에서 인천까지의 일정은 아주 양반이라며 낄낄 웃는다. 26일간의 여행이라…, 어학연수를 가거나 한 달 제주살이를 해 본 적은 있지만 이렇게 이동을 많이 하는 여행으로는 내게도 최장기 여행이다.

10살, 12살 두 아이를 데리고 26일간의 여행이라니, 새로운 도전에 나는 벌써 흥분되고 설렌다. 우리 식구들

22

이 여행을 좋아하는 편이라 다행이다. 이 정도면 우리 꽤 잘 맞는 가족이지 않나. 고마워, 잘 놀아보자.

준비? 시시하게 그런 걸 뭐 하러 한댜?

　25박 26일간의 여행, 철저하게 준비하려면 준비하는 것부터 스트레스가 엄청날 테지만, 다행히 나는 잘 준비된 여행을 좋아하지 않는다. 이미 SNS나 책으로 많이 본 장면은 여행의 흥미를 떨어뜨리는 치명적인 요소가 된다. 그곳에 무엇이 있을지 어떤 일이 일어날지 모르는 상황에서 기대하지 못한 장면을 만나는 것이 내가 찾아 떠나는 여행의 재미다.

　나는 인생 여행지로 샌프란시스코의 피어 39를 꼽는다. 내가 여행 중에 있는 힘껏, 진심 다해 탄성을 내질렀던 곳이 바로 그곳이었다. 로키산맥, 그랜드캐니언, 자유의 여신상, 오페라하우스 등 유명세가 대단한 어느 다른 여행지보다 그곳에서 내가 격하게 흥분하고 신이 났던 이유는 싱겁게도 여행지에 대한 사전 정보가 전혀 없었기 때문이었다.

미국 산호세로 간 교사 연수의 3일째 되던 날이 1월 1일 공휴일이었다. 갑자기 생긴 여유 시간을 그냥 보내기 아까워 무작정 샌프란시스코로 가는 기차에 올랐다. 유명하다는 관광지 이름만 몇 개 찾아두었을 뿐 그 외 아무런 준비도 없이 말이다. 덕분에 그날의 여행은 내게 그야말로 미지의 세계로 가는 탐험이었다. 사전 준비 없이 무작정 나서는 바람에 찾아간 곳이 보수공사 중이라 발걸음을 돌려야 하기도 했고, 교통편을 몰라서 무작정 걷기도 했다.

그렇게 온종일 헤매다 지친 몸으로 피어 39에 도착했을 때, 지금껏 들어보지 못한 정체불명의 소리에 갑자기 온몸에 엔도르핀이 돌기 시작했다. 이게 도대체 무슨 소리야? 호기심이 가득 차올라 지쳤던 몸을 급히 일으키고 심지어 방방 뛰며 문제의 그 소리를 따라갔다. 겹겹이 둘러선 사람들 틈을 비집고 그 정체를 알아낸 순간, 엄청난 탄성이 흘러나왔다. 세상에, 동물원에서나 보던 바다사자가 떼로 누워있는 광경이라니. 예상하지 못했던 장면에 한껏 흥분해 월드컵 우승이라도 한 듯 환호성을 질러 댔다.

이런 게 바로 여행 중 내가 갈망하는 순간이다. 기대하지 못한 장면, 생각지도 못한 것을 찾아내는 재미에 보물찾기를 나선 아이처럼 들떠 또다시 가보지 못한 곳, 낯선 장소를 찾아 나선다.

서해에서 가보지 못한 지역들의 이름과 가볼 만한 곳을 검색해서 몇 군데 적어놓으면 26일간의 여행을 위한 준비는 가볍게 끝난다. 지역을 이동할 때마다 새로운 숙소를 찾을 일이 조금 염려스럽긴 하지만 비수기이니 숙소 찾기도 그리 어렵지 않을 듯하다. 여행의 첫 도시 광주에서 사흘을 보내기 위해 첫 숙소만 예약을 마쳤다.

2년 전 제주에서 3주를 보낼 때는 한 숙소에서 오래 머물다 보니 숙박비가 꽤 저렴했는데, 이번에는 이동하며 숙소도 옮겨야 하니 비용이 부담스럽기는 하다. 거의 한 달 동안 바깥에서 생활하려면 불편한 점이 한둘이 아닐 텐데 무조건 저렴한 숙소만 찾아다닐 수도 없지 않을까? 더군다나 아이 둘을 데리고 다니는데 말이다.

지난 일 년 시간 선택제 근무로 아르바이트하듯 일을 했더니 내 통장에는 여행비가 넉넉지 않다. 경비도 없이 여행 계획만 세워둔 대책 없는 아내라니. 남편에게 이야기하니 경비를 보내주며 냉장고 바꾸려던 돈이라는 설명을 덧붙인다. 냉장고가 수명을 다했는지 지난여름 냉동실이 제대로 작동하지 않아 바꿔야겠다고 했는데, 결국 냉장고 살 돈으로 여행을 가게 되었다.

올여름 냉동실에 아이스크림을 넣어두지 못하더라도 이번 겨울 여행을 포기할 순 없지.

"괜찮아. 나는 냉장고보다 여행이 좋아."

차가 터지더라도 실어가야 해

    겨울에 장기 여행을 하려니 아무래도 짐이 너무 많다. 겨울옷은 부피가 커서 최소로 챙겨도 캐리어가 금세 가득 차 버린다. 상자 하나에 쌀, 채소, 김, 카레 등의 식자재를 넣고, 또 한 상자에는 멸균우유와 차에서 먹을 간식, 아이스박스에는 김치 등 냉장 보관이 필요한 식자재를 넣었다. 필요한 것들은 여행하면서 그때그때 살 계획이라 집에 있는 것들만 대충 챙겼는데도 먹거리만 벌써 세 박스에 이른다. 그날그날 필요한 재료만 골라 담아 숙소에 들고 들어가기 위해 장바구니도 하나 챙겼다.

    숙소를 옮길 때마다 모든 짐을 내리고 싣기는 힘들 듯해서 매일 쓸 물건은 각자 배낭에 넣고 여분의 옷들은 캐리어에 넣었다. 짐을 줄인다고 줄여도 가방 개수는 계속 늘어나고 차는 꽉꽉 채워진다. 짐을 너무 줄이면 여행 중에 생활하기가 불편해지고, 짐이 많아지면 들고 다니기 불편해지니 여행 가방을 꾸릴 때마다 딜레마에 빠진다.

"애들 문제집도 들고 갈 건데 가서 할 수 있을까?"
"여행 가서 문제집은 무슨…."
이 대화를 듣고서 누군가는 '이 집은 애들 공부는 포기했나?' 하고 생각할지도 모르겠다.

다른 건 모르겠지만 공부를 너무 많이 하는 대한민국 사회에 불만이 있는 건 사실이다. 다 같이 적당히 놀고 적당히 공부하면 될 텐데, 너무 열심히 사는 통에 다 같이 사서 고생이다. 그래서 일단 우리라도 적당히 공부하고 적당히 놀기로 했다. 모두가 잘못됐다고 욕하면서 그대로 따라가길래 용감하게 비켜서서 나름의 속도를 지켜나가 보기로 했을 뿐이다. '남들 다 하는 건 죽어라고 하기 싫은 심보'도 어른이 되니 '소신'이라고 불러주더라고.

우리가 흔히 쓰는 '자식 농사'라는 표현에는 자식을 잘 키워 어떤 성과를 내야 한다는 무언의 압박이 숨어 있다. 백성의 대부분이 농부였던 시절에 '자식 농사'라는 표현이 생긴 것은 자연스러웠을 테고, 경작물을 자식처럼 소중하게 여기던 시절이기도 했다. 조상들의 삶과 뗄수 없었던 그 표현은 우리 말 속에 남아 여전히 '자식 농사에 성공해야 한다'는 부담을 우리 마음속에 심는다. 하지만 자식은 키워서 성과를 내야 하는 과제가 아니라 우리 가정에서 함께 살도록 초청된 가족, 다시 말해 집의 구성원이다. 그저 함께 행복하게 살면 되는 것 아닐까? 어린 시절 부모와 함께 행복한 삶을 체험해본 아이들은 자신의 삶을 행복하게 꾸려갈 힘을 가지게 되리라 믿는다.

그랬기에 3년 전 제주살이할 때도 '마음껏 놀아라. 실컷 놀아라'하는 마음이었다. 그때만 해도 아이들이 더 어리기도 했지만 놀러 왔는데 뭘 더 해야 하나 싶었다. 상차릴 때 수저 놓는 일 외에 아이들이 해야 할 일은 아무것도 없었다. 밥 먹고 나면 마당에 나가 놀고, 지겨워질 때쯤 바다나 관광지에 들렀다 오곤 했다. 아름다운 자연을 마음껏 누리며 온 가족이 함께 부대끼고 함께 웃으며 충만한 시간을 보냈다.

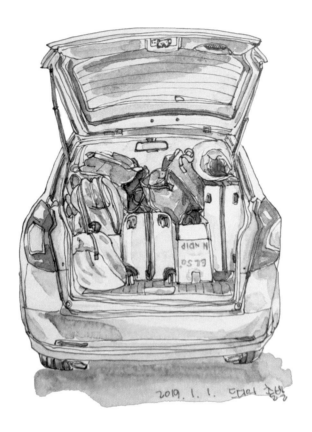

2019. 1. 1. 또다시 출발

그런데 평화로운 3주가 끝나갈 즈음 이상한 현상 하나가 포착되었다. 제주에 와서 너무 좋아하며 신나게 잘 놀던 9살 딸의 징징거림과 짜증이 급격하게 늘어난 거다. 사소한 일에도 짜증을 부리는 딸아이의 모습에 당황스럽기 짝이 없다. 행복한 시간을 보내고 나면 마음이 더 풍요로워질 거라 기대했는데 갑작스러운 퇴행이 웬 말인가.

'집에 돌아가기 싫어서 그런가?' 하는 생각도 해 봤지만, '사람이 너무 하고 싶은 일만 하다 보면 하고 싶은 것은 점점 더 많아지고, 하기 싫은 일을 해내는 힘은 줄어든다'는 것이 내가 내린 결론이다. 하고 싶은 것을 실컷한다고 욕구가 다 채워지는 게 아니었다. 너무 하고 싶은 것만 하며 시간을 보내다 보니 조금만 마음에 들지 않아도 참아내지 못하게 된 상황이다. 3주간의 여행 결말로는 다소 허무하지만, 그것 또한 큰 깨달음이다.

그 깨달음을 교훈 삼아 이번 여행에서는 아이들에게도 몇 가지 의무를 지워줄 생각이다. 집안일을 돕게 하고 문제집도 가지고 가서 '너도 해야 할 일이 있다'는 사실을 알려주고자 한다. 여행하다 보면 문제집을 하기 힘든 날도 있을 테고, 해 봐야 하는 양도 얼마 되지 않겠지만 긴 여행을 단단하게 유지시켜줄 힘이 되리라 생각한다. 그렇게 문제집 두 권이 차가 터지도록 실린 여행 준비물에 당당히 자리를 차지했다.

빠질 수 없는 또 한 가지 중요한 준비물은 나의 그림 도구다. 여행 가는 데 그림 도구를 가지고 간다고 하면 뭐 하는 사람인지 궁금해 할지도 모르겠다. 어릴 적 꿈이 화가였던 적이 있긴 하지만 미술 전공자는 아니다. 영어 교사로 일하고 두 아이를 키우면서 그림과는 거리가 먼 삶을 살면서도 '나이가 들면 여행 다니면서 그림 그려야지'하는 로망이 있었다.

그러던 어느 날 여행 정보를 찾던 중 '어반스케치*'라는 분야를 알게 되었다. '눈이 번쩍 뜨였다'는 말은 이럴 때 쓰는 걸까? 나이가 많이 들 때까지 기다리지 않아도 될 것 같은 예감이 들었다. 당장 스케치북과 드로잉펜을 주문했고 그렇게 마흔 살 여름, 나는 무작정 그림을 그리기 시작했다. 그러니 이번 여행에서 가장 중요한 준비물은 당연 이 그림 도구가 되시겠다.

이번 여행에 새 스케치북을 가지고 가고 싶어서 그전

에 쓰던 스케치북을 열심히 채웠다. 덕분에 뿌듯하게 새 스케치북을 한 권 꺼내고, 드로잉펜 몇 자루와 고체 물감, 물붓을 챙겼다. 겨울 여행인 데다 아이들과 함께하는 여행이라 현장에서 어반스케치를 하기는 힘들겠지만, 여행 중에 그림을 그릴 생각만으로도 이미 설렌다. 오랜 나의 로망이 현실이 될 타이밍이다. 어찌 흥분되지 않겠는가!

이렇게 짐을 다 챙기고 나니 짐이 많아도 너무 많다. 차에 차곡차곡 쌓으며 추억의 게임 테트리스를 한판 벌인다. 아무래도 테트리스 실력은 남편이 한 수 위다. 어릴 적 놀이도 사는데 다 쓸모가 있다며 미소 한 번 띠었다.

---

* 어반스케치란? 도시의 경관이나 거리, 건물들을 그리는 것을 말하며 엄밀한 의미에서는 현장에서 그리고 완성하는 그림 분야를 말한다.

미션! 포인트를 모아라

"이번 여행에서도 미션 해야지?"

남편은 여행 갈 때마다 아이들에게 미션을 주곤 한다. 여행지에서 새로운 것을 찾아 사진을 찍거나, 특정 자연물을 찾는 등, 아빠가 내주는 미션은 아이들에게 여행 중 또 다른 재미를 선사한다. 이번에는 포인트 제도를 도입해보자고 남편이 제안했다. 여행 기간이 긴 만큼 다양한 미션으로 포인트를 쌓게 하고 여행이 끝난 후 보상도 하겠다고 했다.

사실 나는 당연히 해야 할 일들을 칭찬스티커 등으로 보상해 주는 것을 좋아하지 않는다. 아이가 초등학교에 입학한 후 받아쓰기 시험을 치고 오면 늘 '잘했네, 수고했어' 하고 말로 칭찬하면 그만이었다. 친구들은 100점을 받으면 엄마에게 선물을 받는다며 딸아이가 부러움을 표하기도 했다. 그때마다 나는 '점수를 잘 받는 건 자신을 위한 것이지 엄마를 위한 게 아니'라고 설명해 주었다. 아이는 아쉬워하면서도 엄마의 설명에 수긍해 주었다.

그런데 학년이 올라가면서 친구들이 딸을 부러워하는 반전이 일어났다. 너는 시험 못 쳐도 엄마한테 안 혼나서 좋겠다, 하며…. 그렇다고 해서 내가 아이들의 점수에 관심이 없거나, 아이들이 공부 못 하기를 바라는 것은 아니다. 느리더라도 내적 동기를 쌓아갈 기회를 주고 싶었다. 엄마를 위해서 공부하는 아이들은 엄마에 대한 사랑이 줄어들 때쯤 공부의 이유도 잃게 될 것이다. 어떻게 내적 동기를 쌓도록 도와야 하는지는 모르겠지만, 내적 동기가 쌓일 틈을 없애지는 않겠다고 다짐했다.

보상제에 익숙해진 사람은 보상이 없으면 움직이지 않는다. 아이가 커가는 것에 비례해 요구도 점점 커질 텐데 그에 맞는 보상을 꾸준히 해 주는 것이 가능할까? 보상을 미끼로 사용하는 것은 비교육적이기도 하다. '아이들은 스스로 자신을 돌볼 내적 동기를 쌓아가야 한다.' 이렇게 책에 쓰인 대로 키우는 게 물론 쉽지 않다. 분명 그

과정이 순탄하거나 순조롭지만은 않을 것이다. 때로는 속이 터지고 '이렇게 둬도 될까?' 하는 의구심이 들겠지만, 그 과정은 분명 의미 있고 꼭 필요한 것이다.

하지만 여행 등의 특별한 행사에서나 새로운 습관을 만들 때는 동기부여에 보상제만한 방법이 또 없는 듯도 하다. 아이들이 어렸을 때 부러워하던 그 보상제를 한 달 정도는 해줘도 괜찮을 것 같다. 가끔 몸에 나쁜 음식도 먹는 게 인생의 낙이 되듯 말이다.

아이들도 재미있겠다고 박수치며 아빠의 제안을 환영하니 다 같이 둘러앉아 포인트를 받을 수 있는 미션을 함께 정했다. 보상이 없다면 '하기 싫어'할 법한 일들도 아이들은 가볍게 '좋아'하며 동의한다. 그렇게 고심하며 함께 만든 우리의 보상제는 여행 중 수정에 수정을 거듭하여 이렇게 완성되었다.

1. 여행일지 쓰기: 18일 이상 200p, 15일 이상 150p
2. 성경 읽기: 1장당 5p
3. 입장권, 간식 사기 등의 심부름: 하루 10p
4. 집안일 돕기, 심부름: 하루 10p

5. 재미있는 사진 찍기: 1장당 10p

6. 싸울 때마다: 40p 차감

집안일과 바깥심부름을 둘이서 번갈아 가면서 하루씩 하게 하면 여행 중에도 할 일 많은 엄마에게 큰 도움이 될 것 같다. 6번 미션이 걱정스럽긴 하다. 하루에도 몇 번씩 싸우는 현실 남매인데 말이지. 뭐, 둘 다 동의했으니 한번 시행해 보자.

나도 몇 가지 규칙이 필요할 듯해서 적어보았다.

1. 밤늦게 자지 않기

: 운전할 일이 많을 테니, 이거 중요한 규칙이다.

2. 하루 2끼 이상 사 먹지 않기

: 여행 기간이 길어지면 바깥 음식을 많이 먹을 수밖에 없지만, 할 수 있는 선에서 최소화하기로 한다.

3. 일정에 아이들 의견 충분히 반영하기

: 늘 여행 중 하고 싶은 것이 많은 사람은 나다. 아이들이 피곤하지 않도록 욕심도, 일정도 줄이기로 한다.

자, 이제 준비도 끝났으니 떠나볼까?

첫째 주

대구–광주–나주–무안–해남–강진–완도–진도

과연 우리는 눈을 만날 수 있을까?

"일찍 자야 해."

"마스크 꼭 쓰고 나가."

여행이 다가오면서 아이들이 아프면 어쩌나 하는 걱정 때문에 잔소리를 엄청나게 해댔는데, 여행 첫날 남편이 감기 기운이 있는 것 같다며 약을 찾는다.

1월 1일 송구영신 예배를 다녀온 후 아침 늦게까지 잘 계획이었으나, 아이들은 늦게 잔 것과 상관없이 일찍 일어나 놀고 있으니 늦게까지 자겠다던 우리의 계획은 애초에 헛된 희망이었다. 나도 입 안이 헐고 온몸은 천근만근 늘어진다. 우리가 나이 들어간다는 사실을 잊고 처음부터 무리한 계획을 세웠던 것 같아 살짝 후회가 밀려온다. 하루 쉬고 다음 날 출발해도 됐을 것을, 뭐가 그리

급한지 모르겠다.

후회하는 척하지만 방학하자마자 무리하게 서둘러 여행을 떠나는 것이 처음 있는 일도 아니다. 그러다 보니 짐을 꾸리기도 바쁘고, 한 학기의 피로가 갑자기 몰려와 여행 중 아팠던 적도 있다. 그러면서도 이 버릇을 고치지 못하고 여전히 하루라도 일찍 출발하지 못해 안달이다. 고개를 절레절레 흔들어봤자 다음에 또 그럴 거라는 사실을 부인하지 못한다. 노는 거라면 정신을 못 차린다.

최대한 피곤한 몸을 쉬어 주고 오후 느지막이 집을 나섰다. 광주로 가는 길, 전라도에 들어서니 눈이 내리기 시작한다. '죽음의 도로'라는 별명을 가졌던 위험천만한 88고속도로에서 눈을 만나다니. '이게 무슨 고속도로냐?'며 모든 운전자의 비웃음을 사던 꼬불꼬불하고 좁은 2차선 도로에 중앙분리대도 갖추어져 있지 않았던, 곳곳에 '졸면 죽음'이라는 빨간 경고판이 우리를 노려보던 88고속도로. 다행히 지금은 확장공사를 마치고 번듯한 4차선 고속도로가 되었지만, 밖은 어두워지는데 눈까지 오기 시작하니 긴장하지 않을 수 없다.

엄마의 걱정 따위 알아챌 리 없는 아이들이 뒷좌석에서 환호성을 지른다. 눈이 오는데 신나지 않는 아이들이 어디 있겠느냐마는 겨우내 눈 한 번 보기 힘든 대구에 살다 보니 우리 아이들에게 눈은 훨씬 더 특별한 일이다. 대구에서 자란 10년 인생을 통틀어 손바닥만 한 눈사람 하나 만들기도 쉽지 않았다. 이 정도면 눈에 대한 기대는 더운 나라에 사는 사람들의 로망에도 뒤지지 않을 것이다.

3년 전 제주살이를 하러 갈 때도 딸의 버킷 리스트에는 '나만큼 큰 눈사람 만들기'가 있었다. 그리고 3주 차에 드디어 아이들은 평생에 처음 보는 엄청난 눈을 만났더랬지. 온종일 신나게 눈을 굴리며 아빠만큼 큰 눈사람을 만들었다. 까만 제주 돌담을 덮은 하얀 눈과 제주의 야자수 나무 풍경, 그리고 우리가 처음으로 만든 무려 3단의 커다란 눈사람, 내 평생에도 잊지 못할 아름답고 소중한 장면이다.

"눈을 만날 수 있을까?"
그때의 행복했던 추억을 떠올리며 여행 전부터 아이들은 기대에 들떴고,

"서해에는 눈 많이 와."

하며 엄마는 화끈한 눈놀이 한 판을 장담해왔다.

하지만 아직 갈 길이 먼데, 고속도로에서 마주친 눈은 절대 반갑지 않다. 지금의 이 눈은 제주의 아름다웠던 추억보다는 뉴욕의 서러웠던 기억을 떠올리게 한다. 23살, 어학연수를 위해 갔던 퀸즈(뉴욕시), 낯선 곳에 자리 잡고서 먹을 것도 사두지 못했는데 어마무시한 폭설이 내렸다. 눈이 완전히 치워지길 마냥 기다릴 수 없어서 무릎까지 푹푹 빠지는 눈길을 나 홀로 걸어가 낑낑대며 쌀을 사 들고 와야 했다. 아무리 평생을 대구에 살며 눈에 대한 로망이 있었다 하더라도 어찌 그 눈을 좋아할 수 있었으랴.

아슬아슬하고 긴장되는 길을 조심스레 달려 드디어 첫 번째 목적지인 광주에 도착했다. 하늘하늘 흩날리는 힘없는 눈발이 우리를 맞는다. 과연 이 힘없는 눈은 내일까지 이어질까? 여행 중 우리는 한 번 더 로망을 이룰 수 있을까?

사랑을 먹고 사랑을 입힌다

기차역까지 데려다주겠다고 실랑이를 벌였지만, 남편은 기어이 택시를 타고 가겠다고 우기며 쿨하게 홀로 숙소를 나섰다. 첫 목적지 광주에 도착하자마자 간단히 저녁을 해 먹고 남편은 다음 날 출근을 위해 서울로 가야 했다. 단지 우리를 광주에 데려다주기 위해 남편은 2시간 동안 운전하고 다시 2시간 동안 기차를 탄다. 내가 운전을 못 하는 것도 아니고, 나 혼자 운전하기에 먼 거리도 아닌데 말이다.

가족을 위해 우리는 효율성을 삶의 우선순위에서 밀어버린다. 고등학생이었던, 그리고 대학생이었던, 심지어 교사 초년생이었던 딸을 태워주기 위해 대구 한 바퀴를 돌아 출근하셨던 내 아버지가 그러셨던 것처럼. 우리는 그

렇게 사랑을 먹으며 자라고 다시 누군가에게 사랑을 입힌다. 가족을 통해 우리는 사람이 귀함을 알고, 사랑하기 때문에 행하는 바보 같은 일들의 가치를 배운다.

덕분에 비어 있는 아빠의 자리는 여전히 따스하다. 엄마와 아이 둘, 셋이서 옹기종기 모여 앉아 이틀 동안의 광주 일정을 의논했다. 광주는 이번 여행에서 오려고 했던 곳도, 처음 와 보는 곳도 아니다. 남편의 다음 날 출근 길이 쉬운 지역으로 광주를 골랐을 뿐인데 묘하게 광주가 우리의 발목을 잡는다. 발목을 잡으니 망설일 필요 없이 광주에 더 머무른다. 꼭 가야 하는 곳도 없고 정해진 계획도 없다. 휴게소에서 가져온 광주 지도 한 장, 숙소에 비치된 광주 여행 책자 한 권을 펼쳐 놓고 함께 머리를 맞댄다.

여행 책자를 넘기며 계획을 세우는 아이들이 꽤 진지하다. 가고 싶은 곳을 말하기도 하고 먹고 싶은 것도 나열한다. 유명 맛집 정보를 찾아 엄마에게 알려주기도 한다. 그렇게 아이들이 가고 싶다는 곳, 먹고 싶다는 것을 빼곡히 적고 있으니 아이들이

"엄마가 가고 싶은 곳도 가야지. 엄마는 어디 가고 싶어요?"

하고 묻는다. 덕분에 엄마도 마음속에 점 찍어두었던 장소를 당당히 계획표에 적어 넣었다. 가고 싶은 곳을 물어주는 아이들의 마음에 잔잔한 감동이 밀려온다.

아이들과 함께 다니면 가는 곳도, 먹는 것도 아이들 위주로 짜기 마련이다. 엄마 아빠가 아니더라도 어른이 양보하는 것이 이치에 맞아 보인다. 엄마라는 사람이 여행지에서 아들이 못 먹는 순대 전문점에 가겠다고 우긴 적이 있었다. 남편이 얼굴을 찌푸렸다. 그래도 나는 그 지역에서 유명한 순대를 꼭 먹어야겠다며 기어이 그 식당에 들어갔다.

나는 엄마가 되어도 철이 없어서 그랬던 줄 알았다. 그런데 지나고 보니 아이들에게 무엇을 먹는지, 어디에 가는지가 그렇게까지 중요하지 않다는 생각이 들더라. 아이들에게 더 중요한 것은 세상에서 가장 좋아하는 엄마와 함께한다는 사실이다. 다만 유년기가 끝나기 전까지만 유효하다는 데 방점이 있다. 그러니 가끔은 아이들과 함께 하는 여행에서도 엄마가 먹고 싶은 것을 먹고, 엄마가 가고 싶은 곳에 아이들을 데리고 가도 괜찮다. '엄마는 짜장면이 싫다'고 하시던 시절을 이제 끝내도 되지 않을까? 그렇다고 세상에 어느 엄마가 백 프로 자기가 하고 싶은 것만 매일 하겠다고 우기겠는가. 엄마도 가끔은 고집을 부려야 한다.

그렇게 공평하고 사이좋게 광주에서의 일정을 계획하고 일찍 잠자리에 들었다. 오늘 10살, 12살이 된 아이들이 오랜만에 엄마 양옆에 붙어 엄마를 꼭 안고 잠이 든다. 이런 게 행복이다.

평범한 일상을 이어가는 여행

'푹 자야 해, 푹 자야 해.'

수십 번 같은 말을 되뇌며 수십 번 잠이 들고 깨기를 반복한 후 아침을 맞았다. 긴 여정의 시작점에서 아프면 안 된다는 압박이 오히려 잠을 설치게 한다. 아프더라도 있는 곳에서 쉬고 회복하면 되니까 아프면 안 된다는 걱정 따위 버려야겠다.

잠을 설친 채로 일찍 일어나 그림을 그리고 있으니 아이들이 하나씩 일어나 눈을 비비며 내 옆으로 다가온다.

"잘 잤어?"

아이들의 미소와 표정이 모든 것을 말한다. 아이들은 낯선 곳에서도 잘 자는구나. 낯선 곳에 잘 적응하지 못하는 사람이 나여서 다행이다. 나도 예전엔 어디서든 눕기만 하면 잤는데, 이젠 과거의 이야기일 뿐이다. 나이가 들면서 생기는 변화들이 불편하지만 적응해야지. 그러려니 하고, 피곤하면 낮잠과 쪽잠으로 채워주면 될 일이다.

아침엔 무얼 먹을까? 어딜 가든지 엄마의 가장 큰 고민은 '오늘은 또 뭘 먹이나' 하는 것이다. 밖으로 나가 근처 슈퍼에서 달걀과 두부를 사 왔다. 어디서나 언제나 가장 만만한 반찬거리, 주방의 효자 상품들이다. 육수용 티백 하나 넣어 간단히 어묵국을 끓이고, 김치를 볶아 두부와 짝을 맞춘 후 따끈한 쌀밥 위에 달걀프라이도 하나씩 얹었다.

"엄마, 생각보다 푸짐한데?"

집에서 누리던 것을 여행 중에는 적당히 포기해야 한다는 사실을 아이들도 본능적으로 아는가 보다. 사소한 것에도 감사할 줄 아는 진정한 여행자들이다. 여행 좀 할 줄 아는데? 하기야 평소에 집에서 먹는 식탁이라고 더 화려한 것도 없으니 이렇게 소박한 아침상도 푸짐하게 받는지 모르겠다. 그렇게 모든 공로를 나에게 돌리고 씩 웃는다. 흐뭇한 미소를 지으며 소박한 반찬 위에 젓가락을 보탠다.

한가하고 여유로운 아침이다. 아이들은 가져온 문제집을 풀고, 책도 읽고, 레고를 가지고 놀기도 한다. 가져온 장난감이 몇 개 되지 않지만, 고르고 골라 가져온 정예부대다. 레고 사람들의 조합을 다양하게 만들어 계단에 나란히 줄을 세우고, 이렇게 저렇게 사진을 찍기도 한다. 놀 것이 많지 않은데도 뭐가 그리 재미있는지 웃음소리가 끊이지 않는다.

아기자기하게 꾸며진 복층의 숙소는 천장이 높고 그만큼 큰 창을 가진 것이 매력이다. 가슴이 확 트이는 큰 창으로는 양털 구름이 몽실몽실 떠가는 파란 하늘이 펼쳐지니 숙소에서 평범한 일상을 보내더라도 여행 기분에 한껏 들뜬다. 앞뒤 아파트 건물이 가득한 뷰가 아니라 창문 가득 펼쳐지는 하늘이라니. 넓은 창을 가득 채우는 새파란 하늘과 민트색 벽지가 절묘하게 어울린다. 예쁜 하늘을 원 없이 바라보며 그림을 그리고 있으니 여유롭고 넉넉하다.

혼자 온 여행이었다면 나는 이미 작은 가방을 하나 메고 광주 구석구석을 부지런히 밟고 있었을 게 뻔하다. 나는 늘 새로운 곳에 가기를 좋아하는 탓에 더이상 이곳에

올 기회가 없는 사람처럼 여행하곤 한다. 무궁무진한 호기심과 튼튼한 다리의 조합 덕분에 별생각 없이 돌아다니다 보면 의도치 않게 강행군이 되어 버린다. 혼자 갔던 오사카에서 주유패스 끊어 13시간 동안 10군데를 찍어 버렸으니 말 다 했다. 나도 그렇게 많은 곳을 들를 줄은 몰랐지. 체력이 남았고 가고 싶은 곳도 남아 있어 움직이다 보니 밖이 깜깜하더라고.

하지만 아이들과 함께 하는 여행에서는 템포를 늦추어야 한다. 안동 하회 마을에서 강변 모래를 가지고 한참을 놀며 즐거워하던 아이들에게는 봄날의 벚꽃도, 고풍스러운 한옥 마을도 별 의미가 없었다. 일주일 내내 바다에서 물놀이만 하는 휴가가 아이들에게는 최고의 여행이 되기도 했다. 이번 여행에서도 엄마가 보고 싶은 많은 것이 아이들에게는 무의미할지도 모른다. 엄마가 깃발을 들고 아침 일찍부터 관광지 도장 깨기를 한다면 아이들에게는 아무것도 기억나지 않는 패키지여행이 되고 말 것이다.

장기 여행자는 느긋하다. 단거리 선수처럼 달리기 시작하면 장기 여행이라는 마라톤을 완주할 수 없다. 충분히 휴식하며 체력을 아껴야 한다. 장기 여행에서는 많은 것을 하는 것보다 일상을 유지하는 것이 더 중요하다. 느리게 움직이는 덕분에 많은 것을 느끼고 배우게 될 것이다. 느림의 미학이라는 게 그런 걸까? 바쁜 삶의 속도를 늦추고 그동안 놓치고 있었던 것을 돌아보는 아름다운 배움. 그렇다면 느림의 미학이 이번 여행의 궁극적인 목적이 될지도 모르겠다.

오늘은 그저 평범한 방학 첫날이다. 낯선 곳에서 지극히 익숙한 우리의 일상을 이어간다.

추억을 먹는 시장 나들이

점심을 먹기 위해 12시가 훌쩍 넘어서야 집을 나섰다. 목적지는 1913 송정역 시장. 맛난 먹거리가 많다길래 점심도 해결하고 구경도 할 겸해서 시장 나들이에 나서기로 했다. 워낙 시장 구경을 좋아하기도 하지만 송정역 시장은 광주에서 놓칠 수 없는 이름난 관광지이기도 하다. 오래된 상점과 세련되고 트렌디한 카페가 어우러져 과거와 현재가 공존하는 시장은 아무데서나 만날 수 있는 곳이 아니다. 창문마다 빼곡히 기록된 가게의 역사도 인상적이다. 그전에는 이 자리에 어떤 가게들이 있었는지 이 터의 역사를 알려주는 깨알 같은 기록들, 길을 걸으며 가게의 역사를 알아보는 재미도 쏠쏠하다.

시장 나들이의 추억은 뭐니 뭐니 해도 먹거리다. 어릴

적 시골에 살았던 덕분에 왁자지껄한 오일장의 추억이 남아 있다. 오일장이 열리는 날에 온 가족이 함께 시장 나들이를 나서곤 했는데 돌아오는 길엔 중국집에 들르는 게 정해진 순서였다. 짜장면 한 그릇을 뚝딱 비우신 후 늘 "여기 밥 한 공기요" 하시던 아버지의 모습도 소중한 추억이다. 중학교 때는 하굣길에 시장이 있었는데, 참새가 방앗간을 그냥 지나치지 못하듯 고추 튀김을 사서 검정 비닐을 신나게 흔들며 집으로 돌아오곤 했다. 고등학교 때는 독서실에서 공부하다가 배가 출출해지면 친구들과 그 옆 시장에 나가 떡볶이를 사 먹으며 휴식 시간을 보내기도 했다. 친구들과의 수다, 매콤한 떡볶이의 조합은 언제나 완벽한 휴식을 선사했다. 나의 어린 시절 곳곳에 스며든 시장에 대한 기분 좋은 추억들이 내가 꾸준히 시장 나들이를 나서는 이유가 되는지도 모르겠다. 여행지에서도 시장 구경은 빠뜨릴 수 없는 중요한 일정이다.

오늘 시장 나들이의 목적이 먹방인 만큼 다양한 것들을 먹어보기 위해서는 절대 한 집에서 배를 채우지 말아야 한다. 진정한 먹방러라면 양도 종류도 푸짐하게 즐기겠지만 우리 같은 아마추어들은 조금씩만 맛을 보며 배를 아껴 두어야 다양한 음식을 먹어 볼 수 있다. 첫 가게에 들러 내가 가장 사랑하는 메뉴인 떡볶이와 계란밥으로 간단히 신고식을 했다. 내게 시장 먹거리의 일 순위는 언제나 떡볶이다. 아무리 맛있는 메뉴가 넘쳐나도 내 사랑 떡볶이를 배신할 순 없지.

숙제를 끝내듯 떡볶이를 먹고 나서야 이 지역에서 유명한 음식을 찾는다. 먼저 광주에 오면 먹어봐야 한다는 상추 튀김을 찾아 나선다. 상추 튀김이라니, 아이스크림 튀김은 들어봤어도 상추 튀김은 처음 들어본다. 신발을 튀겨도 맛있다고들 하지만 상추를 튀김으로 만들다니, 궁금증을 가지고 가게를 찾았는데 오늘따라 문이 닫혔다. 가는 날이 장날이구먼. 문밖에 서서 상추 튀김이 뭔지 찾아봤더니 튀김을 상추에 싸 먹는 거구나. 그러면 상추 튀김이 아니라 '튀김쌈'이라고 불러야 하는 거 아닌가? 오늘은 못 먹게 됐지만, 나중에 집에서 해 먹어봐도 되겠다며 아쉬움을 달랜다.

두리번거리며 다른 먹거리를 찾다 보니 옆 가게의 먹음직스러운 음식이 눈에 들어온다. 딸아이가 이 가게가 TV에 나온 걸 봤다며 음식 이름을 알려준다. 김치와 숙주나물 등을 삼겹살에 돌돌 말아 구운 '삼뚱이'라 불리

는 음식이다. 큰 철판 위에 지글지글 익어가는 고기 냄새가 우리를 유혹한다. 더 고민할 필요도 없다. 바로 음식을 주문하고 가게로 들어섰다. 옛날 교실을 재현한 식당 내부에 칠판, 교탁과 오르간이 눈에 띈다. 태극기, 시간표, 급훈까지 제대로 꾸며져 있다. 주인아저씨께서 인자하게 웃으시며 칠판에 그림 그리고 놀아도 된다고 말씀하신다. 말이 떨어지기가 무섭게 두 아이의 학교 놀이가 시작되었다. 어릴 적에 동생들과 무수히 하고 놀았던 놀이다. 그때는 내가 커서 정말 선생님이 될 줄은 몰랐지.

딸아이가 맛있게 삼뚱이를 먹으며 서울에서 한창 일하고 있을 아빠를 그리워한다.

"TV 보면서 아빠랑 이거 맛있겠다고 했었는데, 여기 있었네. 아빠랑 같이 왔어야 했는데…."

어릴 때부터 맛있는 것을 먹을 때는 항상 아빠 몫을 따로 챙겨 두던 기특한 딸이 아빠 몫을 챙겨 드리지 못해 아쉬운가 보다. 소리 내어 말한 첫 단어가 '아빠'였던 딸의 아빠 사랑은 여전하다(첫 단어가 '까꿍'이었던 아들의 놀이 사랑도 여전하고).

다음 메뉴로는 녹두 빈대떡이 낙점되었다. 가벼운 문

62

을 조심스레 드르륵 밀며 가게 안으로 들어간다. 어린 시절을 생각나게 하는 옛날 모습이 그대로 남아 있다. 우리 아부지의 '여기 밥 한 공기요' 하시던 목소리가 들릴 것만 같다. 음식을 주문하고 자리에 앉은 우리의 이야기 소재는 또다시 '아빠'다. 며칠 전 남편이 TV를 보며 녹두 빈대떡 타령을 했는데, 이것도 우리끼리 먹게 되었으니 말이다. 못 먹고 사는 시절은 아니지만, 녹두 빈대떡을 먹고 싶다던 사람은 따로 있는데 그 사람만 빼놓고 둘러앉아 그 음식을 먹으려니 마음에 걸리지 않을 수 없다. 숙주가 먹음직스럽게 박힌 녹두 빈대떡을 조심스레 찢어 먹으며 우리는 아빠가 같이 오지 못해 아쉽다는 이야기를 반복 또 반복한다. 주말에는 아빠를 위해 간식을 사두기로 하고서 오늘은 우리끼리 만찬을 즐긴다. 따끈따끈한 녹두전이 입안으로 들어가니 자연스레 환한 웃음꽃이 피어난다.

1913 송정역시장: 광주 광산구 송정로8번길 13

바닥으로 빨려 들어갈 뻔

아이들은 발사 버튼이라도 누른 듯 과학관 안으로 튀어 들어가 이곳저곳에서 까르륵대기 시작했다. 과학관 안의 수많은 아이들이 키즈카페에 온 것처럼 흥분해서 왁자지껄하다. 그 순간 나는 시장통에서 엄마 잃은 아이처럼 발바닥이 붙어버린다. 아, 맞다. 나 과학관 힘들어하지. 도대체 이유는 알 수 없지만, 과학관은 정말 나랑 안 맞다. 과학관만 들어오면 정말이지 급격하게 피곤해진다.

'여행광'의 자존심을 걸고 나는 온종일 걸어 다녀도 체력이 바닥나는 일이 없다. 어린 시절 시골에서 학교를 다니며 차비 50원으로 핫도그를 사 먹고, 동네 친구들과 십리(4km)를 걸어 집으로 오며 비축한 걷기 능력은 언제나 나의 자랑거리다. 그런데 왜 과학관만 들어오면 바닥이 나를 끌어당기기라도 하듯 다리는 무거워지고 몸은 축축 처져서 내 자존심을 팍팍 구기느냐 말이다. 엉덩이를 재빠르게 밀어 넣어 만원 버스에 자리 잡기라도 하는 것처럼 앉을 자리만 보이면 황급히 걸음을 옮겨 털썩 주저앉아 버린다.

이렇게 지루할 거라 예상하고 '어디 앉아 책이나 읽어야지'하며 가방에 책도 한 권 넣어왔지만, 너무 피곤해서 책 읽을 기운조차 없다. 겨우 책 한 권 든 가방은 또 어찌 그리 무거운지…. 멍하니 앉아 고장난 라디오처럼 '언제 끝나지?'하고 똑같은 말만 무한 반복한다.

아이들이 신나게 과학을 즐기는 동안 구석에 자리를 잡고 핸드폰을 꺼내 동생에게 하소연을 시도한다.

"난 정말 문과생인가 봐."

"문과생인 걸 아직도 확인 중이야?"

천문학자인 쌍둥이 동생이 웃으며 어릴 적 아빠가 지어준 노래를 상기시킨다.

"동생은 다섯 살~ 나도 다섯 살~"

그 노래가 '우리'를 위한 노래가 아니라 '나'를 위한 노래였다는 걸 이제야 깨닫다니. 5살이 되고서도 계속해서

4살이라고 하는 큰딸을 위한 아빠의 노력이었다.

어릴 때부터 과학을 좋아했던 동생은 시도 때도 없이 내게 자기가 알게 된 것들을 신나게 설명해댔고, 나는 내가 발견한 영어표현을 신나게 자랑했다. 어릴 적부터 너무나 달랐던 우리는 신나게 설명하는 측에 비해 언제나 귀 기울여 들어줄 사람이 없었다. 과학관에서 지쳐버린 나는 과학을 너무나 사랑하는 동생과의 수다를 통해 조금이나마 체력을 회복한다. 체력 대단한 우리 아들이 쇼핑만 따라가면 피곤하다고 주저앉던 장면이 떠오른다. 꾀병이 아니었어!

"엄마, 여기 와 봐."

앉아 있기만 해도 지치는데 신기한 게 보일 때마다 딸아이가 자꾸만 나를 불러 설명을 해댄다.

'아무것도 안 들린다… 안 들린다… 안 들린다….'

이번엔 박물관에 따라온 딸의 심정을 이해하는 중이다. 내가 이것저것 신기한 게 보일 때마다 역사에 관심 없는 딸에게 설명을 시작하면,

"난 빨리 나가고 싶어."

딸이 중얼거리곤 했었지. 과거의 나를 반성한다. 나도

그냥 신기해서 그랬을 뿐이다.

요즘 과학자들은 뭘 이렇게 재미있게 만들어놔서 나를 골탕 먹이나. 아이들의 과학 탐구 놀이가 끝날 줄을 모른다. 전시를 비롯해 로봇들의 댄스까지 볼거리도 다양하지만, 생활 구석구석에 숨어 있는 과학 소재들을 설명하기 위한 체험 활동도 가득하다. 드론 체험도 하고, 행글라이더의 원리를 알기 위해 모형 위에 눕기도 하고, 농구와 야구까지 한다. 아주 난리도 아니다. 아들이 야구 체험을 하다가 옆에 있던 아저씨에게 잘한다고 칭찬받았다며 자랑을 해 댄다. '감사합니다.' 지친 엄마가 해 주지 못한 역할을 지나가던 아저씨가 대신해 주셨구나.

이럴 땐 아이가 둘이라 참 다행이라는 생각을 한다. 누나가 있고 동생이 있어 엄마는 구석 자리를 차지하고 있더라도 미안하지 않다. 반응 속도를 측정한다고 둘이서 기계를 사이에 두고 마주 서서 팔짝팔짝 뛰며 깔깔댄다. 제대로 겨루어 보자는 의지를 불태우며 재빠르게 몸을 움직인다. 원반 튕기기 대결을 한다고 두 아이 눈에 불꽃이 튄다. 동생이 두 살 어리지만 운동 신경은 부족하지 않고, 승부욕은 둘 다 만만치 않다. 그 많은 체험 거리

앞에서 하나하나 진지하게 정성껏 몸을 움직이며 반응한다. 엄마는 보기만 해도 피곤하다. 하하.

드디어 드디어 과학관을 다 둘러봤는데 나가는 길에 작은 도서관이 보인다. 더군다나 아이들의 발걸음을 기어이 붙잡고야 마는 만화책이 제일 잘 보이는 자리를 차지하고 있다. '이제는 탈출할 수 있을까?' 하던 기대는 무참히 무너지고 별수 없이 도서관 의자에 다시 한번 풀썩 주저앉았다. 조금만 더 참자. 이제 다 끝나간다. '다 와가'라는 어른들의 하얀 거짓말로 나를 타이르고 인내심이 대단한 엄마라고 스스로 칭찬하며 마지막 순간만을 간절히 기다린다.

지칠 대로 지쳐서 빨리 집에 가서 눕고 싶은 마음이 굴뚝같지만 우리는 양동시장에서 유명한 통닭을 한 마리 사 가기로 했었다. 이미 육체는 너덜너덜해졌지만 조금만 참으면 저녁 준비 안 하고 한 끼 때울 수 있다는 희망에 한 번 더 힘을 내기로 했다. 숙소에 가서 통닭 한 마리 배달시켜도 될 텐데…. 여행이라는 게 뭔지, 오늘이 아니면 먹어볼 기회가 사라질 광주의 유명 통닭을 포기할 수 없었다.

마지막 힘을 쥐어짜 양동시장에 무사히 도착했다. 지하 주차장에 주차까지 완벽했다. 그런데 올라오는 길을 찾을 수가 없는 거다. 시장은 또 얼마나 큰지 지친 몸뚱이에게는 미안하지만 한참이나 더 길을 헤매고 말았다. 낯선 곳에서는 통닭 한 마리 사는 것도 쉬운 일이 아니네.

통닭을 샀다고 일이 모두 끝난 것도 아니다. 시장에서 나오는 길, 무심코 보이는 길을 따라 나오다 보니 역주행이다. 차가 없었기에 망정이지, 휴. 여기 길 왜 이렇게 어려운 건데요? 하기야 낯선 곳에서 길을 헤매는 게 여행이지, 뭐. 내가 저지른 바보 같은 짓은 여행이라는 이름으로 모두 용서해 주기로 한다.

모든 미션을 완수하고 숙소에 들어서니 온몸이 녹아내린다. 엄마 노릇이 쉬운 게 아니야. 엄마가 하기 싫다고 투정 부릴 수도 없는 노릇이고. 방학을 다 투자해서 엄마 따라나섰는데 엄마도 이 정도는 참아줘야지. 덕분에 내가 뭘 싫어하는지는 명확하게 알았네. 전 과학관은 이제 그만 갈게요.

국립광주 과학관: 광주 북구 첨단과기로 235
수일통닭: 광주 서구 천변좌로 262번길 1-1

고귀한 희생, 감사합니다

이번엔 엄마 차례다. 아이들의 손을 잡고 내가 고른 장소, 5·18 민주화운동 기록관에 갈 예정이다. 콧노래를 부르며 어제 남은 치킨으로 간단히 치킨마요덮밥을 만든다. 엄마가 아침을 준비하는 동안 아이들은 하루 분량의 문제집을 끝내고 짐을 꾸린다. 여행 중에 할 일을 스스로 해내니 기특하다. 포인트 제도 덕분에 엄마는 아이들을 마구 부려(?) 먹는다. 아침 준비하는 데도 주방 보조 하나 있으니 얼마나 편한지 모르겠네. 그 전날 빨아 둔 빨래를 개고 이불을 정리하는 것도 아이들 몫이 되고 나니 체크아웃 준비는 일찌감치 끝내고 엄마도 아침에 그리던 그림을 마무리하며 마음껏 여유를 부린다.

"자, 11시다. 나가자."

차에 짐을 싣고 금세 기록관 앞에 도착했다. 기록관 앞에 선 우리는 꽤 비장하다. 문제가 있다면, 박물관에는 관심도 없는 딸아이가 이렇게 잔인한 역사는 무서워서 보기 힘들어한다는 점이다. 예상대로 입구에 들어서면서부터 귀신의 집에라도 들어가는 것처럼 잔뜩 겁을 먹고 '무서워'라는 단 한마디만을 반복한다.

기록을 보는 것만으로도 이렇게 무서운 일들이 이곳에서 버젓이 자행되었다니 더욱 마음이 아프다. 마음 여린 딸을 데리고 오기에 분명 버거운 장소이긴 하나 광주에서 5·18의 기록은 꼭 찾아보고 싶었다. 그전에도 여러 차례 광주를 온 적이 있었지만, 5·18 관련 장소들을 찾지 않은 것이 늘 마음에 짐처럼 남아 있었다. 이번에는 꼭 들러야겠다, 마음먹었더랬다.

1980년, 내가 2살이었을 때 일어난 사건이라니, 불과 40년 전에 이런 일이 일어날 수 있었다는 게 믿어지지 않는다. 나와 동시대에 살았던 사람들이 국가의 지시에 따라 무차별 공격을 받고 쓰러져 갔다. 평범한 시민들이 국가로부터 삶을 지키기 위해 총을 들어야 했다. 일상을 살아가던 삶의 터전에서 아무런 이유 없이 자식을 잃고,

부모를 잃고, 친구를 잃었다. 이런 사건을 일으키고도 전두환은 나의 어린 시절 TV에서 자주 보던 대통령이었고, 아무런 사죄도 없이 역사의 뒤편으로 사라졌다. 그날의 기록 중 지극히 일부일 뿐인 기록관에 전시된 사진들조차 눈 뜨고 보기 힘들 만큼 처참했고, 비참했다.

"무서우면 안 보고 그냥 지나가도 괜찮아. 그래도 이런 희생 덕분에 우리가 더 좋은 곳에서 살게 된 거니까…, 알긴 알아야지."

"나도 알아. 그래도 무서워."

딸은 눈을 가리고 대충 훑어보며 기록관을 획획 지나가고, 역사에 관심 많은 아들은 꼼꼼히 설명을 읽으며 새롭게 알게 된 사실들을 엄마에게 진지하게 설명해 준다.

너무나 다른 두 아이 사이에 어정쩡하게 거리를 유지하며 기록관을 둘러보던 중 내 눈을 사로잡는 공간이 나타났다. 어두운 역사를 치유하듯 비쳐 들어오는 햇살, 혼자만의 여행이라면 이곳, 햇살 좋은 창가에 앉아 비치된 5·18 관련 서적들을 읽으며 시간을 좀 더 보내고 싶었다. 나만의 추모식을 가지고 싶은 마음이랄까? 그러나 현실은 겁에 질린 딸아이를 따라 걸음을 재촉하며 곁눈

질로 기록관의 내용을 살피는 영락없이 선택권 없는 엄마다.(그 이후 한강의 《소년이 온다》를 읽으며 그날 하지 못했던 나만의 추모식을 가질 수 있었다. 좋은 작품을 써주신 작가님께 감사드립니다.)

아쉬움이 남긴 하지만 아이들과 단편적인 이해를 갖추는 것만으로도 가치 있는 일이라는 생각이 들었다. 기록관을 나오며 아이들과 5·18에 대해 더 이야기를 나누었다. 어느 대목에서는 분노하기도 하고 어느 대목에서도 감격하기도 하면서…. 이야기를 나누다 보니 울컥한다. 고귀한 희생, 감사합니다.

"엄마, 어제 과학관에서 엄마가 피곤하다고 했던 말이 무슨 말인지 알겠어."

박물관에서 1시간 남짓 시간을 보내고 나왔는데 지칠 대로 지쳐 버린 딸아이가 내가 어제 했던 생각과 토씨 하나 다르지 않은 말을 내뱉는다. 각자 힘든 시간을 보내면서 상대의 마음을 이해하고 있으니 우리는 아주 의미 있는 여행을 하는 중이다.

5·18 민주화운동 기록관: 광주 동구 금남로 221

세상 참 좁다, 정말

광주를 떠나기 전 잊지 않고 빵집에 들렀다. 나도 빵을 좋아하긴 하지만 유명 빵집을 찾아가는 것은 내 나름 딸에 대한 배려다. 제빵에 관심 많은 딸이 여행 책자를 보며 몇 번이나 유명한 빵집을 언급하길래 이번 여행 중에 지역마다 있는 유명 빵집을 부지런히 들러 주어야겠다고 마음먹었다. 아이가 어릴 적엔 조금이라도 몸에 좋은 것을 먹이려고 빵보다는 떡을 사던 일이 떠올라 웃음이 피식 난다.

딸은 도서관에서 베이커리 관련 책을 빌려와 읽고 레시피를 찾으며 스스로 빵을 만들기 시작했다. 빵을 만들고 싶다고 여러 번 이야기했지만, 엄마가 영 관심이 없다 보니 스스로 발 벗고 나선 딸의 취미생활이다. 어느 날 아침 독서 시간에 읽기 위해 벽돌처럼 두꺼운 제빵 책을 가방에 넣어가는 걸 보고 혼자 웃었던 기억이 난다. 사람은 자기가 좋아하는 일에는 열과 성을 다하기 마련이다.

역시나 딸은 꼼꼼히 다양한 빵을 관찰한다. 박물관에서와는 전혀 다른 눈빛을 하고서. 전시회라도 참석한 것처럼 눈을 반짝이며 관람하더니 나오는 길엔 거기서 본 시폰 케이크의 결이 얼마나 고왔던지 침 튀기며 칭찬을 늘어놓는다.

"시폰 케이크도 고르지 그랬어?"

"오늘 먹고 싶은 건 아니었어."

빵을 대하는 딸의 자세는 사뭇 진지하다.

각자 원하는 빵을 하나씩 고르고 내일 만날 아빠가 좋아하는 크루아상도 하나 넣었다. 차로 돌아와 서비스로 주신 아메리카노 한 잔을 컵걸이에 꽂고 나니 광주에서의 모든 여정이 끝났다.

이제 우리는 나주로 향한다. 처음 여행을 계획할 때 순천을 거쳐 땅끝마을로 가면서 순천에 있는 친구를 만나려 했지만, 계획이 바뀌면서 순천에 있는 친구가 나주까지 와 주기로 한 것이다. 4년 전에 참여했던 해외 교사 연수 OT에서 우연히 옆자리에 앉아 룸메이트가 되었던 순천이 고향인 영어 교사, 아메리칸 스타일로 친구라 부르긴 하지만 나보다 9살이나 어린 아가씨다. 7주 동안 같은 방을 쓰면서 많은 이야기를 나누고 함께 울고 웃으며 사이좋은 친구가 되었다. 그 이후 전주, 순천, 대구, 부산 등 다양한 장소에서 꾸준히 만남을 이어오고 있다. 그리고 이번 만남의 장소는 나주가 되었다.

오랜만에 만난 친구와 그동안 지냈던 묵은 이야기부터 친구의 따끈따끈한 연애 이야기, 서로의 학교 이야기, 꿈 이야기까지 짧은 시간에 많은 이야기를 나누었다.

"내가 여행 다니면서 그림 그리고 싶다고 했던 거 기억나? 나 요즘 그림 그린다? 나중에는 그림이랑 여행 이야기 엮어서 책 만들고 싶어."

나의 꿈에 같이 흥분하고 응원해주는 친구, 겨우 7주의 시간을 함께 보냈을 뿐이지만 오랜 친구처럼 우리는 서로에 대해 꽤 많은 것을 알고 있다.

"하나도 안 변했네."

"여전하군."

"그럼, 사람 잘 안 바뀌지."

메뉴 주문할 때부터 사소한 것 하나하나에 깔깔거린다. 오랜만에 만나도 그 사람이어서 참 좋다. 할머니가 되어서도 여전히 똑같은 말을 하며 깔깔거리는 친구로 남길.

엄마가 친구와 실컷 수다를 즐기는 동안 아이들은 싫은 내색 한 번 하지 않고, 함께 점심을 먹고 드론을 날리고 종이접기를 하며 엄마를 기다려 주었다. 오늘은 아이들이 엄마를 많이 배려해 준 날이다.

"고마워."

엄마도 아이들에게도 고마움을 전한다.

엄마를 잘 기다려 준 아이들에게 즐거운 추억을 만들어 주기 위해 모노레일을 타고 나주 빛가람 전망대에 올랐다. 나주 혁신 도시가 한눈에 보인다. 예전에 곰탕을 먹기 위해 왔던 나주와는 아주 다른 풍경이다. 깔끔하게 정비된 도시풍경, 우뚝우뚝 솟은 아파트와 고층 건물들, 우리나라 곳곳이 비슷한 모습이 되어가는 것 같아 아쉽기도 하다. 나는 편리한 환경에서 살기를 고집하면서 다른 지역은 옛 모습을 꾸준히 간직해주길 바라는 것이 여행자의 욕심일지도 모르지만.

최장거리 돌미끄럼틀을 타기 위해 아이들이 장비를 착용하고 있는데 눈에 익은 사람이 저벅저벅 걸어 들어온다. 낯선 곳에서 익숙한 얼굴이라니.

"어머, 오빠. 여기는 웬일이에요?"

"어? 니(너) 왜 여(여기) 있노?"

대학교 동아리 선배이자 남편의 친한 친구를 여기서 만나게 될 줄이야. 나주 돌미끄럼틀 앞에서 대구 토박이들의 우연한 만남이라니….

그동안의 소식을 전하며 돌미끄럼틀을 타는 아빠를 기다리고 있는 오빠의 가족들과도 인사를 나누었다(가장이 된 중년 아저씨 오빠는 여전히 천진난만하다. 아빠가 미끄럼틀 타겠다고 가족들을 기다리게 하다니. 나도 분발해야겠군. 뜬금없이 묘한 경쟁의식이다). 오늘 낯선 곳에서 익숙한 얼굴을 둘이나 만났네. 세상 참 좁다. 정말!

아이들은 15초 만에 내려간 길을 나는 친구와 이야기를 나누며 천천히 걸어 내려왔다. 저 아래에 엄마를 기다리는 아이들이 마구 손을 흔든다. 멀리서 봐도 아이들의 흥분이 마구마구 느껴진다. 엄마가 가까이 다가오자 아이들이 달려와 돌미끄럼틀의 따끈따끈한 후기를 앞다투어 들려준다. 신이 났구나, 신이 났어. 그렇게 재미있든? 아이들은 15초간의 짧지만 강렬하고 짜릿한 돌미끄럼틀이 아주 흡족했던 모양이다. 온종일 엄마를 기다려야 했던 하루를 아이들은 재미있고 즐거웠던 날로 기록했다. 덕분에 엄마도 즐거웠단다.

베비에르 문화전당점: 광주 동구 서석로 36
빛가람호수공원 배메산전망대: 전남 나주시 호수로 77

여행이 끝날 때는 남아나는 게 없겠어

영산강이 내려다보이는 운치 있는 한옥이 한눈에 마음에 든다. 우리의 두 번째 숙소가 위치한 무안이다. 저렴하고 후기가 별로 없다는 이유로 마음 한쪽에 자리 잡았던 걱정이 한방에 날아간다. 경치는 흠잡을 데 없이 훌륭하고 온돌방은 기분 좋게 따끈따끈한 것이 더없이 아늑하다. 처음부터 저렴한 가격에 추가 인원이 어린이라고 웃으며 추가 비용 만 원까지 깎아 버렸으니 민망하기 그지없다. 그런 깍쟁이 손님을 위해서 이렇게 따끈따끈하게 방을 데워놓고 두 팔 벌려 환영하며 친절하게 맞아 주신다.

"엄마, 여기 너무 좋아. 하루만 있기는 아쉬워."

화려하게 좋은 곳도 아니고 호텔처럼 침구가 근사하지도 않은데, 숙소가 너무 좋다며 팔짝팔짝 뛰는 아이들의 모습이 눈물 나게 사랑스럽다.

여행 중에도 주말에만 TV를 켜는 평소의 규칙을 그대로 지키기로 했는데(우리 집은 TV와 게임에 대한 규제가 엄격한 편이다), 아이들이 주말에 볼 TV를 당겨서 오늘 보자고 제안한다. 바닥이 따끈따끈하니 시골 할머니 집에 놀러 온 것처럼(우린 시골에 할머니 댁이 없지만) 늘어지고 싶은 기분인가 보다. 그 기분 알지, 알지. 나도 함께 따끈하게 데워진 온돌 폭신한 이불속에 쏙 들어가 TV를 보며 광주에서 사 온 맛있는 빵을 간식으로 먹었다.

노곤하게 풀어지고 늘어져 누워 쉬다가 저녁 준비를 하려고 힘겹게 몸을 일으켰는데, 아뿔싸! 양념을 넣어둔 팩이 없다. 다시 차로 가서 이곳저곳을 샅샅이 뒤져 보지만, 그 어디에도 양념통은 없다. 모조리 그 전 숙소에 두고 오고 말았다니! 숙소에서 나오기 전 다시 훑어봤는데, 설거지해 둔 싱크대 위 물건은 우리 게 아니라고 눈길도 주지 않았구나. 설거지해 둔 그릇 옆에 양념통이 있

었는데 말이다. 숙소를 나오면서도

"둘 다 핸드폰 있니?"

"모자 챙겼어?"

"마스크는?"

하며 누누이 이르고 오만상 잔소리를 해놓고선 내가 처음부터 어이없는 실수를 하고 말았다. 큰 양념통을 모두 들고 다니기 힘들 것 같아서 여행 전부터 작은 병들을 모아 필요한 양념들을 고심해서 고르고 덜어 왔는데, 시작부터 이게 뭐람. 이러다 여행이 끝날 때는 남아나는 게 아무것도 없겠어. 그러나 이미 엎질러진 물이다. 이럴 땐 최대한 빨리 미련을 털어버려야 한다. 찜질방에 온 것처럼 따끈따끈한 온돌에서 몸을 지글지글 구우며 쉬고 있는 이런 태평천하, 잃어버린 양념통이 대순가?

사실 나는 이런 실수를 너무 많이 한다. 세상 꼼꼼해 보이지만 세상 덜렁댄다. 모든 일이 장점과 단점을 동시에 갖고 있다면 이런 실수를 많이 해서 좋은 점은 이런 일에 익숙하다는 거다. 많이 겪어봐서 크게 당황하지 않고 그러려니 할 수 있다. 오히려 이런 나만의 에피소드를 모으는 게 재미있다고 하면 과장이 심한가? 어디서든 실수 에피소드 허세가 벌어질 때면 지지 않고 꺼내 쓸 이야기 보따리가 든든하다. 이런 걸 재미있어 해버리니 나의 덜렁댐을 고치기는 애초에 틀려먹었다.

양념은 내일 목포에 가서 다시 사면 된다. 대한민국 어디에나 널린 게 마트다. 양념통이 커지더라도 짐은 차가 싣고 다닐 테니 큰 문제 될 것도 없고. 괜찮다, 괜찮아. 참치와 김, 김치로 대충 간을 맞춘 참치 죽으로 저녁을 때우고, 에헤라디야, 널브러져 쉬는 거지, 뭐.

엄마의 개인플레이

"초승달 위에 보이는 별은 무슨 별이야?"

"그거 그믐달인데? 사진 확대해 보면 그믐달이랑 금성 사이에 목성도 있어."

천문학자(동생) 찬스로 아침부터 궁금한 별 이름을 알아낸다. 덕분에 초승달과 그믐달도 구분하게 되고(사실 아직도 헷갈린다). 초승달과 그믐달을 구분하지 못하면 어떤가? 멈추어 서서 예쁜 것을 오래오래 볼 수 있는 내가 나는 좋다. 일출을 보기 위해 손을 호호 불며 기다리는 내가 나는 좋다.

아침에 눈을 번쩍 뜨고 급히 시간을 확인했다. 7시가 넘었는데 아직도 밖은 어둡다. 겨울 여행 중 일출 보기는 힘들지 않겠군. 긴 밤이 이럴 때는 참 고맙다. 해돋이를 보기 위해 밤잠을 설칠 필요가 없으니 말이다. 한지를 곱게 바른 나무문 하나를 살짝 밀고 나가니 바로 눈앞에 주황빛과 노란빛으로 화려한 옷을 입은 하늘이 펼쳐진다. 그 위로는 밤하늘을 수놓은 손톱 달과 별들이 총총히 빛난다. 해 뜨기 전 밤하늘이 이렇게도 아름다웠던가. 해가 뜨기도 전에 도대체 사진을 몇 장이나 찍었는지 모르겠다.

목도리, 마스크, 장갑 방한 3종 세트로 무장을 하고 풍광 좋은 한옥 마당에서 해를 기다린다. 일찍 일어나지 않아도 되어 좋긴 한데, 겨울에 일출을 기다리려니 추워도 너무 춥다. 아무래도 일출은 쉽게 볼 수 있는 게 아니라는 결론을 내려야 할 것 같다. 아이들도 깨워서 데리고 나올까 생각하다 고개를 내젓는다. 너무 춥기도 하고 얼마나 기다려야 할지 알 수도 없으니 아이들은 깨우지 않기로 하고 혼자서 해가 뜨기만을 오매불망 기다린다. 날씨만 춥지 않으면 탁 트인 마당 테이블에 앉아 그림을 그려도 좋겠지만, 장갑 낀 손가락이 꽁꽁 얼어붙어 카메라 셔터를 누르기조차 버거운 것이 현실이다.

이렇게 추운 날 방한 3종 세트로 꽁꽁 싸매면서 양말

을 신지 않고 나왔다. 이러니 허당이라 불린다. 오랫동안 밖에 있으려니 발이 너무나도 시린데 양말 신으러 들어간 사이에 해가 떠버릴까 봐 잠시도 자리를 비울 수가 없다(지금 생각해보니 일출 시각을 왜 검색해 보지 않았는지 모르겠다. 머리가 나쁘면 몸이 고생한다더니).

그렇게 우두커니 서서 하염없이 해를 기다리고 있는데도 시시각각 변하는 하늘 색깔이 어찌나 다채로운지 지루할 틈이 없다. 아름다운 하늘이 강에 비쳐 더해지는 색감까지 황홀하기만 하다. 넋 놓고 하늘을 구경하다 보니 저 멀리 무언가 움직이는 게 보인다.

'저게 뭐지? 구름이 저렇게 빨라? 또 지나가는데?'

궁금함을 참지 못하고 눈이 빠지도록 그 물체를 따라간다. V자 대형으로 날아가는 새 떼라는 것을 알아내는 순간 보물을 찾아낸 아이처럼 흥분한다. 아침에 저렇게 이동을 많이 하는구나. 다들 일찍 일어나는 새들이시군. 벌레는 씨가 마르겠어, 쯧쯧.

드디어 목 빠지게 기다리던 해님이 산 위로 서서히 고개를 내민다. 눈부시게 빛나는 해는 이미 붉게 물든 강에 화려한 그림자를 그리며 웅장하게 그 모습을 드러냈다. 몇 사람분의 감격을 마구 내뱉으며 혼자 보기 아까운 명장면을 감상한다. 해돋이 장관이 막을 내리자마자 우아한 관람객은 어디론가 사라지고 호들갑스러운 엄마가 야단스레 방 안으로 뛰어들었다. 너무 추웠어! 두 아이가 뒹굴고 있는 이불 속으로 재빨리 몸을 숨겼다.

"왜 이렇게 오래 걸렸어?"

아침에 일어나 엄마가 없는 걸 알고 또 일출 구경 갔겠거니 싶었나 보다. 아침에 엄마 홀로 빠져나가 해돋이 구경을 다니는 게 처음 있는 일은 아니다 보니 아이들도 그러려니 한다. 엄마라는 이름에 어울리지 않지만 나는 개인플레이를 좋아한다.

혼자 다니는 게 부끄러워 화장실 가는 것도 참았던 어린 시절이 있었지만, 언젠가부터 혼자 다니는 재미를 알아 버렸다. 아마 혼자 어학연수를 떠났던 때가 절정이 아니었나 싶다. 영어를 배우기 위해 한국인과 어울리지 않으려 노력했고, 친구가 되었던 남미 아이들은 성향이 워낙 달라서(하루 같이 놀고 나면 기가 빨려서) 혼자 다니는 시간이 많아졌다. 수업이 끝난 후 호기심이 이끄는 대로 맨해튼 구석구석을 홀로 걸으며 구름 위를 걷는 것 같았다. 내 안에 숨어 있던 자유 본능이 활개 치기 시작했다. 엄마라는 이름을 단 이후에도 그 자유 본능이 자주 정체를 드러내었던 터라 아이들은 엄마의 개인플레이에 어느 정도 익숙하다.

그래도 같이 봤으면 좋았을걸, 하는 아쉬움이 남는다. 혼자 하고 싶은 게 많았다가도 같이 하지 못한 게 아쉬운 게 또 엄마다. 어젯밤에 나갔으면 별도 무척 많았을 텐데 그 생각을 못 했네. 기회는 아직 많으니까 앞으로 별 구경도, 해 구경도 많이 하자.

땅끝에서 낭만을 논하다

"나, 게장 먹어보고 싶어. 얼마나 맛있길래 밥도둑이라고 하는지 궁금해."

맛에 대한 호기심이 많은 딸은 가보고 싶은 곳보다는 늘 먹어보고 싶은 음식이 더 많다. 여행 갔던 곳에 대한 기억도 주로 먹은 음식에 대한 것들이다.

"아, 거기 OO 먹었던 곳?"

딸의 여행지 기억법이다.

그러다 보니 여행지에서 먹을 음식을 정하는 데는 딸의 의견이 적극 반영된다.

오늘도 딸의 말 한마디에 점심 메뉴는 게장으로 정해졌다. 군침 도는 양념게장과 콩나물을 밥에 넣고 슥슥 비벼 김에 싸 먹으니 밥이 숭덩숭덩 사라진다. 미안하지만 밥도둑이라는 누명을 벗겨줄 수는 없겠다. 순식간에 한 그릇씩을 싹싹 비웠다, 고 쓰고 싶지만, 입 짧은 아들은 옆 테이블 손님들이 다 바뀌도록 뽀오얀 흰쌀밥을 나물 반찬과 김에 싸 먹으며 깨작대고 있다. 무엇이나 누구나 모두에게 사랑받을 수는 없는 법이다. 게장, 그건 자네 잘못이 아니네. 자책하지 말게나.

목포에서 남편을 만나 점심을 먹고 우리는 해남으로 간다. 목포에도 며칠 머무를 예정이지만 남편이 서울로 가려면 다시 목포로 돌아와야 하니, 목포 여행은 며칠 미뤄두고 땅끝마을에 먼저 가기로 했다.

"땅끝마을을 한 번 가봐야 하는데…."

남편이 늘 입버릇처럼 말할 때는 거기까지 멀어서 어떻게 가겠나 싶더니 드디어 오늘 그 먼 곳까지 가게 되었다. 남편의 로망을 이루어주는 날이라고나 할까? '땅끝에서 인천'까지 밟겠다는 나의 여행 계획이 어쩌면 남편의 로망에서부터 시작된 건지도 모르겠다.

우리나라 곳곳을 여행하다 보면 재미있는 지명을 많이 발견하곤 하는데, 땅끝마을이라는 지명은 특별히 낭만적이다. 삼천리강산이라고 불리는, 그마저도 반 토막 난 작은 나라에 살지만, 이 나라의 끝을 '땅끝'이라고 부른 우리 조상들은 진정한 낭만파가 아닌가. 땅끝이라는 말은 다시 말해 땅의 시작이기도 하다. 덕분에 땅끝마을은 우리에게 로망이 되기에 충분한 곳이다.

낭만이 가득한 땅끝마을 표지석 앞에서 인증 샷을 찍고 난 후 전망대까지 올라갈지 꽤나 망설였다. 낭만파는 당연히 땅끝 전망대에 올라가야 한다. 하지만 전망대에 오를지에 대한 고민은 아주 현실적이다. 오르막길을 유난히 싫어하는 딸의 표정은 이미 굳어 버렸고 우리가 주차한 곳에서 모노레일 타는 곳까지는 거리가 먼데다 주차장에서도 전망은 이미 너무 좋으니 말이다.

나야 물론 걸어 올라가고 싶지만 내가 원하는 대로 가족들을 데리고 다니다간 모두 지쳐 버릴 테니 더 가자고 하고 싶어도 망설이게 된다.

"230m면 그리 멀지 않은데? 가보자."

"그래, 가보자."

듣던 중 반가운 남편의 말을 잽싸게 받는다.

"좋아."

동생도 선선히 동의하고 나니, 이 상황에서 차마 싫다

딴끄마을 정영대

고 하지 못하는 마음 약한 딸, 터덜터덜 시무룩하게 걸음을 옮기기 시작한다.

발걸음 무거운 딸을 끌고 조금 올라가다 보니 '토독독 독'하는 소리가 들려 걸음을 멈추었다.
"이게 무슨 소리지? 나뭇잎은 움직이지도 않는데 나뭇잎에서 소리가 나네?"
"엄마, 우박이야."
"어머. 정말 우박이네."
오라는 눈은 안 오고 우박이라니. 계속 올라가도 될지 또다시 망설인다. 딸의 마음은 이미 주차장까지 한달음에 내달렸지만, 모자도 쓰고 있으니 우박을 뚫고 전망대까지 전진하기로 했다.

엉뚱한 엄마는 그때부터 갑자기 신이 난다. 땅끝 전망대에 우박을 맞으며 오르다니! 뭔가 색다른 일이 겹치면 그곳의 경험이 더 특별하게 각인된다. 땅끝 전망대에 오를 때 눈이 오면 낭만적이라고 느끼겠지? 하늘에서 내리는 것은 마찬가지인데 우박이라고 낭만적이지 않은 건 무엇 때문인가? 하늘하늘 천천히 내려오는 눈에 비해 땅을 향해 내리꽂히는 우박의 속도감은 낭만과는 거리가 멀어 보이기는 하다. 형태가 없는 듯 흐물흐물하게 풀어지는 눈 혹은 화려한 눈 결정체에 비해 각이 선 우박의 모양새도 낭만과는 거리가 멀다. 그래도 흔하지 않은 일인 것은 분명하니 '꿩 대신 닭'이라고, 우박과 함께 하는 전망대 오르기도 충분히 신나는 일인 것이다.

"그거 기억나? 제주도 오설록 박물관에 도착했을 때 우박 내렸었는데. 박물관에 뛰어 들어가서 우박 떨어지는 거 구경했었잖아."

너무 어렸던 때라 아무도 기억하지 못하지만 나는 그날의 기억을 꺼내 추억팔이의 즐거움을 누린다. 그날은 한 달 제주 살이를 하던 우리를 보러 온 20년 지기 친구와 친구의 딸이 함께였다. 세 살, 일곱 살, 아홉 살의 아이들이 올망졸망 창문에 붙어서서 인생 첫 우박을 구경하던 장면이 눈에 선하다. 엄마는 히죽히죽 웃으며 입이 툭 튀어나온 딸을 이끌고 천연덕스럽게 전망대로 발걸음을 옮긴다.

"에이, 주차장에서 다 봤던 경치잖아."

우박까지 맞으며 힘겹게 전망대에 오른 아이들은 실망감을 표했다. 힘들게 올라왔는데 다를 게 별로 없어서 실망스럽단다. 뭐, 그렇게 느낄 수도 있겠다. 그래도 엄마는 너무 좋아. 땅끝 바다를 둘러싼 섬 이름도 열심히 살펴보고, 어느 어르신의 해산물 양식에 대한 설명에도 귀를 기울인다. 더군다나 이 추운 겨울날 따뜻하고 여유롭게 경치를 구경할 수 있는 곳이라니. 땅끝마을까지 와서 전망대 한 번 안 오르면 섭섭하지.

살다 보면 노력한 것에 비해 결과가 보잘것없을 때가 있다. 우리가 무언가를 했다고 해서 그에 상응하는 보상을 받아야 하는 것도 아니다. 보상이 없더라도 하고 싶은 일이 있고, 보상이 없는 줄 빤히 알면서 하는 일이 더 큰 즐거움이 되기도 한다. 결과가 없을 게 뻔한 일을 하는 사람은 현실 감각이 부족해 보이기도 하지만, 나는 소득도 없고 아무도 시키지 않은 일을 하는 게 그렇게 신나더라. 현실 감각의 부족이 내 인생에 행복 비결이기도 하다. 엄마는 파파 할머니가 될 때까지 현실감 떨어지는 낭만파로 살고 싶어.

윤슬

전망대에 올라가려면 걸어서 올라가야 해서 걱정했는데 조금 힘들긴 했지만, 생각보다 짧아서 괜찮았다. 올라가는 길에 우박이 떨어졌다. 소금이 하늘에서 내리는 것 같았다. 전망대에서 바다를 보니 날씨가 흐려서 잘 보이지 않아 조금 아쉽긴 했지만, 예쁜 꽃섬도 보고 김, 파래 양식장도 볼 수 있어서 좋았다.

시헌

오늘 숙소에 도착해서 탁구를 쳤다. 근데 나는 너무 못 쳐서 재미가 없었다. 하지만 30분 동안 열심히 쳤다. 그리고 누나가 '윙가윙가'거리면서 장난을 쳐서 신이 났다.

장터식당: 전남 목포시 영산로40번길 23
땅끝송호해수욕장: 전남 해남군 송지면 땅끝해안로 1827
땅끝전망대: 전남 해남군 송지면 땅끝마을길 100

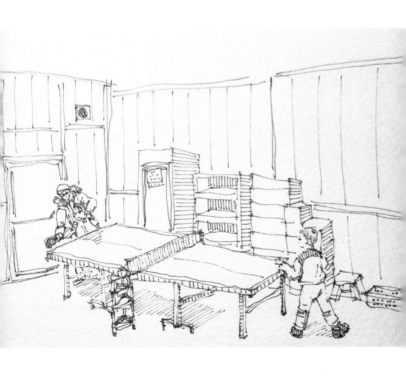

별이 쏟아지던 밤

온 가족이 도란도란 이야기를 나누며 평화로운 시골길을 달린다.

"엥? 저게 뭐야?"

"가보자."

장보고 청해진 유적지로 향하던 중 엄청나게 큰 동상을 발견하고 바로 핸들을 꺾었다. 그렇게 우연히, 즉흥적으로 찾아온 곳에 환상적인 놀이터가 펼쳐진다. 아마 이곳이 우리나라에서 가장 전망 좋은 놀이터가 아닐까? 우연히 찾은 보석 같은 장소, 아무도 없는 멋진 놀이터에서 아들은 미니 집라인을 수십 번이나 타며 날아다닌다. 내가 여행 중 가장 신나는 순간이다. 이번 여행에서의 '피어 39'는 완도의 놀이터인 셈이다.

장보고 기념관과 해양 생태 전시관에 들러 장보고와 완도 바다에 대한 지식 한 스푼씩 더하고, 허름한 중국집에서 허기진 배를 채운다. 시골로 갈수록 먹을 수 있는 메뉴가 다양하지 않고 해산물을 못 먹는 아들이 있어 시골 바닷가에서 우리가 흔히 먹는 음식은 짜장면이다. 우리 세대가 가진 짜장면의 추억이 졸업식이라면 우리 아이들이 가진 짜장면의 추억은 시골 바닷가가 될지도 모르겠다. 허름한 중국집이라고 해서 음식의 맛도 허름하진 않다. 바닷가 2층에 자리 잡은 식당에는 어느 고급 레스토랑 부럽지 않은 바다 뷰가 화려하게 펼쳐진다. 윤슬이 반짝이는 잔잔한 겨울 바다를 보며 먹는 짜장면은 꿀맛이다.

"여기 오일장이 언제예요?"

"오늘이긴 한데 마칠 시간이 다 됐어요. 뭐 볼 것도 없어요. 그냥 시장이에요."

식사를 마치고 나오며 완도 오일장이 언제인지 여쭸더니 실망스러운 대답이 돌아왔다. 아~ 아쉽다. 가는 날이 장날이었는데 그걸 놓치고 말다니. 나 시장 구경 되게 좋아하는데….

숙소에 들어가기 전 명사십리 해수욕장에 들렀다. 이번 여행을 하는 동안 딸이 해 보고 싶다던 모래 수집을 위해 오긴 했지만, 바다에 왔는데 작은 유리병에 모래만 담고 가기는 아쉽다. 그렇다고 겨울 바다에서 놀 게 있나 싶었는데 역시 아이들은 노는 클라쓰가 다르다. 모래에 그림을 그리고 플라스틱 숟가락 하나로 모래놀이를 하며 잘도 논다. 엄마 아빠는 아이들 잘 노는 모습을 보기만 해도 충분히 즐겁다. 놀이 하수인 엄마 아빠는 관람객 역할밖에 하지 못하지만, 놀이 고수들의 연출력 덕분에 조금도 지루할 틈이 없다.

"완도엔 다방밖에 없어요. 아메리카노 한 잔 사려면 다리를 건너가야 하거든요. 별은 진짜 많은데….”

예전에 완도에서 근무했던 친구(나주에서 만났던 친구)가 했던 말이 기억나서 완도에서는 꼭 별을 보고 가야지, 다짐했다. 드디어 오늘 밤엔 별을 보러 나갈 계획이다.

완도에 대해 내가 가진 배경 지식이라고는 '김'을 제외하면 '별'이 전부다. 그사이 세월이 흘러 완도에도 예쁜 카페가 많이 생긴 덕분에 친구가 준 카페에 대한 정보도 옛날이야기가 되고 말았다. 우리나라 구석구석 예쁜 카페 없는 곳은 이제 어디에도 없는 듯하다. 된장찌개와 배추전으로 한국인의 밥상을 정성스레 차려 먹고 예쁜 카페에 들러 커피도 한잔하고 별을 구경하기 위해 다시 명사십리로 나갔다.

"우와와와와와와, 지이이이이인짜 별 많아."

밤하늘이 가득 차도록 총총히 박혀있는 별을 보자 입이 떡 벌어진다.

"이렇게 별이 많은데 대구에서는 한두 개밖에 안 보인다고?"

"진짜, 충격이다."

"별이 예쁘다는 말이 이해가 안 됐는데, 이제 그 말이 이해가 되네."

"정말 별이 보석처럼 박혀있는 거 맞네."

아무런 의미 없던 상투적 표현들이 의미를 더해 간다. 별자리를 알려주는 앱을 켜서 별자리도 눈이 빠지도록 찾아보았다. 예전엔 별자리의 이름을 보며 말도 안 되는 그림을 그려서까지 그렇게 이름을 붙였을까 하는 생각을 했었다. 그런데 이렇게 별들을 보고 있으니 어떻게라도 이름을 붙여 주어 기억하고 싶었겠구나, 싶은 생각마저

든다.

　남편은 어릴 적 시골에서 본 은하수 이야기를, 나는 미국 댈러스에서 타일러로 가던 길 시골 어딘가 깜깜한 밤에 보았던 별 이야기를 앞다투어 무용담처럼 떠벌린다. 별을 보는 일이 쉽지 않은 도시인들에겐 이렇게 많은 별을 본 날은 추억이 되어 고스란히 기억 속에 각인된다. 우리 아이들에게는 오늘이 그렇게 기억될 것이라는 생각에 가슴이 뭉클하다.

　아이들이 자라는 데 꼭 필요한 것이 자연, 시간, 친구라고 하는데 도시에서 자라는 아이들은 자연을 누릴 기회가 많지 않다. 이렇게 시간을 내어 여행을 떠나온 덕분에 자연과 시간을 마음껏 누린다. 어른들이 살아가는데 필요한 것도 마찬가지 아닐까? 어른이 살아가는 데 가장 필요한 것은 돈이라고 주장하면 어쩔 수 없지만, 내가 살아가는 데 가장 필요한 것 역시 자연, 시간, 내 사람들이다.

　숙소에 들어와 잘 준비를 하는데 주인아주머니께서 노크하신다. 오늘 별이 너무 많아 보여 주고 싶어서 오셨단다. 요즘은 미세먼지 때문에 완도에도 별이 그리 많지 않은데 오늘은 정말 별이 많다고 하시며…. 완도에서도 오늘은 특별히 별이 많은 날이었구나. 결국, 친구가 전해 준 완도의 별에 대한 정보도 옛날이야기가 되어가나 보다. 시골에서조차 별 보기가 힘들어진다니 안타깝긴 하지만 특별한 별 밤을 선물 받게 되어 감사한 날이다.

장보고 어린이 공원: 전남 완도군 완도읍 죽청리

장보고 기념관: 전남 완도군 완도읍 청해진로 1455

완도군 해양생태 전시관: 전남 완도군 완도읍 청해진로 1459

명사십리 해수욕장: 전남 완도군 신지면 신리

잊지 않고 찾아주셔서 감사합니다

진도항에 갈 것인지 진지하게 고민했다. 엄숙한 장소가 혹시라도 관광지처럼 되어 버리는 게 아닌가 싶어 조심스러운 마음이 들었다. 제주 4·3 공원이나 광주 5·18 민주화 기록관에 갈 때는 그 사건을 기억하는 것만으로 그들에게 위로가 될 거라 여겼으면서 진도항에 가려니 오히려 미안한 마음이 드는 이유가 뭘까?

진도항이 가까워질수록 세월호 사건 당시 그들과 함께 아파하지 못했던 나 자신의 죄책감을 직면하게 된다. 2014년 4월 16일, 여느 날과 다름없이 교무실에서 수업을 준비하고 있을 때 어느 한 선생님이 뉴스 속보가 떴다며 세월호 사건을 전해주셨다. 내 일이 바빠 속보에 귀 기울이지 않은 채

"어떡하노, 어떡하노."

하며 발을 동동 구르는 그 선생님을 보며 무심히 고개를 갸우뚱하고 말았다. 퇴근 후 생각보다 상황이 심각하다는 것을 알게 되었지만, 겁이 나서 자세히 들여다볼 수 없었다.

끔찍한 사건이 터질 때마다 나는 늘 그래 왔다. 등교하기 위해 태연히 지나간 자리에서 몇십 분 후 가스가 폭발했던 상인동 가스 폭발 사고 때도, 나의 출근길 지하철을 마비시켰던 대구 지하철 화재 사건 때도 나는 애써 관심을 보이지 않았다. 뉴스에서 접한 사건들이 비슷한 상황에서 자꾸만 떠올라 언젠가부터 뉴스를 일부러 보지 않았다. 깊이 알고 관심을 가질수록 내가 힘들어질까 두려워 세월호 참사가 일어났을 때도 나는 의도적으로 회피하고 말았다. 많은 이들이 끔찍한 일을 겪어내고 힘들어하는 중에 나는 단지 나를 보호하기 위해 적극적으로 방관자가 되었었다. 늘 죄송하지만 어쩔 수 없이 나를 향한 보호 본능이 더 강하다.

친한 언니의 권유로 세월호 참사 유가족이 초대된 모임에 참석한 적이 있다. 그날의 기억도 내게는 모두 지워지고 사라졌다. 그날 그곳에서 어떤 이야기를 들었는지 하나도 기억나지 않는다. 아이를 잃은 어머니와 마주한 채 당황하고 난처했던 내 모습만 기억날 뿐이다. 모임을 마치고 나와 그 언니와 점심을 먹는 내내 둘 다 아무 말도 하지 못했던 기억이 난다. 진도항을 찾아가는 내내 여전히 내 마음은 그날의 나처럼 난처하고 당황스럽다.

'잊지 않고 이곳 팽목항을 찾아주셔서 감사합니다.'

무거운 마음으로 진도항에 도착했는데 이 글귀가 나를 울린다. 오히려 이곳에서 내가 위로받는다. '늦어서 미안해. 미안해요. 죄송해요' 하고 되뇌는 내 귀에 '지금이라도 와 주어 고마워요' 하는 속삭임이 들려 온다.

아이들도 위로의 글이 담긴 벽면의 타일 하나하나를 유심히, 엄숙하게 읽어 나간다. 아이들은 어떤 생각을 하고 있을까? 이곳에서도 감히 아무런 말을 할 수가 없다. 그날 아무 말 없이 그 언니와 마주 앉아 스시를 입에 넣었던 것처럼, 모두가 아무 말 없이 진도항을 걷는다. 불어 닥치는 세찬 바람 소리와 맑은 종소리만이 하늘을 가득 채운다.

진도항: 전남 진도군 임회면

선한 전쟁 천재들의 비극

"우와! 우와!"

네가 여기 좋아할 줄 알았어. 전쟁놀이를 좋아하는 아들이 백 프로 좋아할 장소, 우수영 관광지에 도착했다. 거센 바다의 소용돌이를 이용해 일본 수군을 격파했다는 이야기만으로도 흥분되는 장소, 울돌목에는 4백 년이 훌쩍 지난 지금도 그 소용돌이가 눈앞에 생생하게 펼쳐진다. 이야기로만 듣던 배경을 바로 눈앞에서 본 아이들이 흥분한다. 영화 〈명량〉의 잔인한 장면들을 차마 감당하기 힘들어 끝까지 보지 못했지만, 아이들은 명량대첩에 대해 알고 있는 지식을 바탕으로 역사의 현장에서 마음껏 상상의 나래를 편다.

세찬 바람이 넋을 놓고 있는 우리의 뺨을 후려친다. 정신이 번쩍 들어 기념관 안으로 서둘러 몸을 피했다. 명량대첩에 대한 재미난 기록과 다양한 체험 거리로 몰입도가 높은 박물관이다. 남쪽 지역을 여행하다 보면 이순신 장군 유적지가 엄청나게 많은데 그중 가장 흥미로운 박물관이 아닐까 싶다. 크고 작은 거북선과 판옥선, 일본 배의 모형을 직접 볼 수 있을 뿐 아니라 노 젓는 체험까지 가능하다. 그 시절의 무기와 군복을 눈으로 직접 보고 이순신 장군과 전술, 지형에 대한 다양한 이야기를 듣는다. 곳곳에서 아이들의 전쟁놀이가 더해지기도 한다. 우리의 얄팍한 지식을 입체적으로 세워가는 시간이 모두에게 즐거움이 된다.

"신에게는 아직 12척의 배가 있사오니…."

고작 12척의 배, 바다의 소용돌이, 육지에서 응원하는 백성들, 우리의 영웅 이순신. 역사라고만 부르기에는 모든 것이 너무나 드라마틱하다.

이순신 장군의 자살설에 관한 글을 읽고 마음이 아팠다. '나의 죽음을 알리지 말라'는 유언과 이순신 장군의 마지막 전투가 된 노량해전, 그 가운데 제기된 이순신 장군의 자살설은 내게 충격이었다. 이미 패하고 도망치는 적은 궁지로 몰지 않는 것이 일반적인데, 이순신 장군은

갑옷도 입지 않은 채 무리한 추격전을 벌이다가 치명상을 입고 숨졌다고 한다. 전쟁에서 세운 공으로 백성들에게 인기는 높아졌지만, 왕의 경계로 전쟁이 끝난 후에 자신이 어떻게든 처단될 것임을 알았다고 한다. 이러한 이유로 이순신의 죽음을 계획된 자살로 보는 견해가 지지받고 있단다. 드라마 〈도깨비〉의 김신처럼 이순신도 부활할 수 있다면 좋을 텐데, 하는 엉뚱한 생각을 한다.

바로 어제 완도에서 만났던 장보고의 이야기가 겹치면서 안타까움이 배가된다. 신라인들이 해적에게 잡혀 노예로 팔려 가는 것을 보고 당나라에서의 높은 관직을 버리고 고국인 신라로 돌아왔던 장보고. 안타

121

까운 마음에 자기 민족을 지키고자 했던 그 또한 왕권과 귀족들의 견제로 비참한 최후를 맞았다. 나라와 백성들을 위해 그들이 가진 재능을 한껏 발휘했던 전쟁 천재들, 결국 그들은 뛰어난 재능 때문에 견제당하고 토사구팽의 결말에 처하고 만다.

물론 역사 속에서 무수히 반복되었던 이야기들이긴 하지. 그 역사를 알면서도, 자신의 결말을 예측하면서도, 자기 뜻을 굽히지 않고 여전히 옳은 일을 택했던 이순신. 그런 면이 그가 두고두고 칭송받고 존경받는 이유가 아닐까?

그가 살았던 시대만큼 비장할 것 없는 현대를 살아가는 우리는 고작 '남들과 다르게 살아도 괜찮을까?' 하는 고민에도 벌벌 떨며 살아간다. '모두 뛰어가는데 혼자 걸으면 낙오될까?' 하는 두려움에 남들의 속도에 맞춰 발을 움직인다. 목숨 걸어야 하는 것도 아닌데, 까짓 내 뜻대로 살면 어떤가? 우리가 우리의 인생을 잃어버리는 것은 '엄마'이기 때문이 아니라 어쩌면 '남들의 시선' 때문일지도 모른다. 느린 걸음 덕분에 내 아이들의 손을 맞잡고 서로 마주보며 한참을 웃는다. 내가 원하는 삶이 이런 거다. 원하는 삶을 살아가고 있으니 충분히 행복한 인생이다.

우수영 국민관광지: 전남 해남군 문내면 학동리 1021

둘째 주

목포-영광-담양-남원-대구-김제

오늘 쉰다면서요

여행 7일째, 목포의 바다가 보이는 숙소에서 아침을 맞았다. 어제 먼 길 오느라 피곤했으니 오늘 하루는 여행중 쉬어가는 날로 정했다. 월요일이라 문을 닫은 곳이 많아서 갈 데도 별로 없긴 하지만 도서관 나들이를 좋아하는 딸을 위해 오늘은 도서관에서 쉬려고 한다. 도서관은 여행 일정에 들어갈 만한 인기 장소는 아니지만 우리는 장기 여행객이니 우리의 일상을 최대한 여행에 옮겨놓으려 한다. 방과 후에는 늘 자전거를 타고 도서관에 오가는 딸에게 여행 중에도 꼭 지키고 싶은 일상은 도서관나들이다.

목포 공공도서관은 깔끔하고 책도 종류대로 많아서 아이들이 좋아했던 장소 중 하나다. 바다가 인접한 도서관에 해양 관련 도서를 따로 모아둔 것도 인상적이었다. 독서 삼매경에 빠진 아이들을 아빠와 도서관에 남겨두고 엄마는 빨래방에 들러 빨래도 하고 장도 봐서 숙소에 갖다 두었다. 쉬는 날이지만 엄마가 할 일은 끝나지 않는다는 게 함정이다. 쉬는 날이라기보다 관광을 멈추는 날이라고 하는 게 정확한 표현이겠다. 엄마가 할 일을 충분히 하고 돌아와도 아이들은 배가 고픈 줄도 모른 채 도서관에서 나올 생각이 없다.

2시가 넘어 더는 배고픈 것을 견디지 못하는 엄마가 아이들을 보챈다. 여전히 마음은 도서관에 묶인 아이들을 질질 끌고 엄마가 좋아하는 떡볶이를 먹기 위해 분식점으로 향했다. 유명한 곳이라고 데려온 분식점의 초라한 외관을 보고 가족들은 일제히 의심의 눈초리로 엄마를 쳐다본다. '여기 유명한 곳 맞아?'하는…. 하지만 문을 열고 들어가자마자 '아~ 유명한 곳 맞네'하는 눈빛으로 고개를 끄덕인다. 평일 오후 2시가 넘었는데 식당이 가득 가득 차 있다. 다행히 좁은 테이블 하나가 비어 있어 기다리지 않고 바로 자리를 잡을 수 있었다. 우리는 줄 서서 먹는 집은 바로 포기하는 편인데, 오래 줄을 서는 동안 기대치가 높아져 음식에 만족하기 힘들다는 게 남편의 논리다. 미각이 뛰어나지 않은 나에게는 맛집이라고 굳이 오래 기다릴 이유가 없다. 이런 이유로 줄 서는 맛집은 지나친다는 게 공통된 의견이다. 유명 맛집에 마지막 남은 한 자리를 차지할 수 있어 다행이다.

시골 할머니, 할아버지가 운영하시는 작은 분식집에 이렇게 사람들이 바글바글하니 일손이 부족해 보인다. 그러다 보니 음식이 나올 때까지는 인내심을 가지고 조용히 기다려야 한다(바로 자리 잡고 앉았으니 우리도 이 정도는 기다릴 수 있다). 그러면 인내심에 보상이라도 해 주시듯 하나같이 맛나고 푸짐한 데다 가격까지 착한 음식들이 테이블을 가득 채운다. 도서관에서는 나올 생각이 없더니 모두 배가 고팠던지 허겁지겁 음식을 먹어 치웠다. 이렇게 싸게 파시면 남는 것도 없으실 텐데 싶어 음식을 많이 시켜 먹는 게 오히려 죄송할 지경이다. 가격 좀 더 올리셔도 될 텐데 말이다. 여전히 바쁘신 듯 보이지만 일부러 고개를 한 번 더 내밀고 큰 소리로 공손히 인사했다.

"잘 먹었습니다."

목포진 역사공원에 올라 목포 시내의 전경을 즐겼다.

파란 바다에 나지막하고 알록달록한 건물들이 폭 안겨 있는 도시, 아무런 규칙도 없이 제각각의 색깔을 드러내고 있지만 절묘하게 어우러지는 인간적인 모습이다. 평화로움이 잔뜩 묻어나는 이곳에서의 삶은 좀 더 여유로울까? 죄다 회색의 높은 건물들이 즐비한 도시의 삶과는 다르지 않을까? 이곳도 날로달로 바쁘게 돌아가는 대한민국의 전형적인 삶을 닮아가고 있을지도 모르겠다. 그래도 서울에서 멀리 떨어져 있는 만큼 최대한 천천히 닮아가기를 바란다.

목포의 대표 핫플, 영화 1987의 촬영지인 연희네 슈퍼에도 살짝 들렀다. 영화도 보지 않았으면서 굳이 이곳에 들르고 싶은 이유는 모르겠다. 목포진 역사공원만 보고 카페에 가서 쉬려고 했는데 가는 길에 있으니 그냥 지나치기는 아쉬웠다. 쉬는 날로 정해놓고선 들른 곳이 적지 않아 웃음이 난다. 사람마다 쉬는 방법이 다른 거니까(내가 어릴 적 "엄마 좀 쉬고 올게" 하시곤 방으로 들어가셔서 전화를 걸어 한참 수다를 늘어놓으시던 엄마가 나는 늘 신기했다.) 나는 나만의 방법으로 쉬는 중이다. 내 선에서는 최대한 아무것도 하지 않는 휴식의 날인 것만은 분명하다.

맛있는 디저트를 먹기 위해 바다가 보이는 카페에 자리를 잡았다. 두 아이는 종이접기를 하고 남편과 나는 오랜만에 책을 꺼내 들었다. 아늑하고 여유로운 시간, 은은한 노을빛이 쏟아진다. 아, 잘 쉬었다.

윤슬

경치가 정말 좋았다. 크고 작은 배와 푸른 바다, 옹기종기
모인 집들이 어우러져 너무 예뻤다. 옹기종기 모인 집들은 알
록달록한 비빔밥 같았다. 대구에서는 볼 수 없는 바다 풍경
이어서 더 좋았다.

전라남도교육청 목포도서관: 전남 목포시 원산주택로 3번길 6

서울분식: 전남 목포시 삼일로 51-2

목포진 역사공원: 전남 목포시 만호동 1-33

연희네 슈퍼: 전남 목포시 해안로 127번길 14-2

엄마, 우리 여행은 끝나지 않았어. 힘을 내

　아이들은 오랜만에 만난 아빠에게 껌딱지처럼 달라붙어 주말을 보낼 수 있었지만, 이제는 아빠를 일터로 보내야 할 시간이다. 저녁 해 먹고 남편을 서울로 보내야 하는데 냄비 밥을 망치고 말았다. 이 숙소는 다 좋은데 전기밥솥이 없는 게 흠이다. 물을 다시 부어 또 한참을 끓이고 뜸을 들여도 심폐소생이 불가능하다. 그렇게 땀을 빠작빠작 흘리며 몇 번의 시도 끝에 남편이 숙소를 나서기 10분 전에야 겨우 먹을 만한 밥이 완성되었다. 남편은 몇 숟가락 급히 뜨고 우리도 먹던 밥상을 그대로 둔 채 목포역까지 남편을 데려다주었다.

　시간 맞춰 남편을 데려다주고 우리는 목포 야경을 구경하러 나섰다. 밥 먹다 나와서 뜬금없는 야경 타령인가 싫겠지만 우리의 야경 나들이에는 나름대로 이유가 있다. 이중 주차를 할 수밖에 없는 좁은 호텔 주차장에 우리 뒤차가 8시에 퇴실해야 한다며 시간 맞춰 차를 빼 달라고 부탁했다. 바로 들어가면 곧 차를 빼 주러 또 내려와야 할 듯해서 목포대교로 드라이브를 하고 8시가 넘어 호텔로 돌아왔다.

그런데도 뒤차는 여전히 꿈쩍도 하지 않고 자리를 지키고 있는 게 아닌가! 프런트에 문의했더니 저녁 8시가 아니라 아침 8시에 퇴실한다는 말이었단다. 이게 뭐야, 다짜고짜 8시 전에 차 빼 달라고 하더니. 불필요하고 배고픈 드라이브를 끝내고 호텔로 돌아오니 먹던 밥과 반찬은 다 식어 버렸고, 전자레인지도 없어 음식을 데우기도 난감하다. 늦은 시간에 다 식은 저녁을 먹자니 화가 나고 속상해서 속이 부글부글 끓는다.

저녁을 먹는 내내 엄마가 속상한 마음을 다스리지 못하고 있으니 아들이 엄마를 위로한다.

"엄마, 우리 여행은 아직 끝나지 않았어. 힘을 내."

이 와중에 아들의 위로가 너무 귀여워 웃음을 터뜨렸다. '그래, 덕분에 목포대교 야경도 봤잖아'하며 애써 나를 다독였다. 우리 집 웃음 담당 아들은 오늘도 웃긴 춤을 열심히 추며 엄마의 웃음 버튼을 마구 누른다. 일주일 동안 온종일 붙어 있으며 지겹도록 봐서 이제 별로 관심도 가지지 않던 아들의 코믹 댄스가 엄마의 열을 식히는 데 특효약이다. 아들의 재롱에 아무 일도 없었던 것처럼 신나게 웃어댔다. 여행이 끝날 때까지 그치지 말고 열심히 춤추어 주길 바라오.

하지만 다음 날 8시 전에 차를 빼 달라던 뒤차 때문에 한 번 더 마음 상하는 일이 일어나고 만다. 8시에 퇴실할 거라더니 7시에 차를 빼 달라고 호텔 프런트에서 연락이 왔다. 자다 일어나 급히 옷을 갈아입고 내려갔는데 뒤차 주인은 나올 생각도 하지 않는다. 주차 공간이 워낙 부족하고 주차선 자체가 이중 주차 구조라 그 차가 빠져야 나도 그 자리에 다시 주차할 수 있는데 말이다. 자다 일어나 옷도 제대로 챙겨 입지 못하고 급히 나와서 추운 겨울날 차 안에서 기다리고 있으니 또 열이 뻗치기 시작한다. 기다리다 못해 프런트에 전화해서 그 차도 지금 빼게 해달라고 부탁을 드렸다. 하지만 잠시 후 내려오라는 사람은 보이지 않고 호텔 주인분이 먼저 나와서 곧 나온다고 했다고 대신 사과를 하신다. 제대로 민폐를 끼친 뒤차 주인은 뒤늦게 모습을 나타낸 후, 내가 차를 빼내도 차에 타지도 않고 주변을 서성일 뿐이다. 도대체 뭘 하는 건지 알 수가 없다.

"차를 빼 주셔야 저도 주차하고 올라가지요."

한마디 했더니 차 키를 두고 와서 위에서 찾는 중인데 열쇠를 못 찾고 있다며 나한테 호텔 주변 다른 곳에 주차해 두고 올라가란다. 세상에…. 어떻게 그렇게 뻔뻔한 거지? 우리도 체크아웃하고 짐 실으려면 가까운 곳에 주차해 둬야 한다고요. 어제저녁부터 차 빼야 한다며 사람을 들볶더니 이게 뭐야. 본인들은 나갈 준비도 안 하고 왜 아침부터 자는 사람을 깨운 건지, 이건 도대체 무슨 심보인지 모르겠다. 약속된 시간보다 한 시간이나 일찍 사람을 깨우더니 이번엔 세월없이 기다리게 한다. 또다시 속이 부글부글 끓는다. 에효, 차에 앉아 어젯밤 아들의 위로를 되새기며 애써 화를 삭이기로 한다. 이쯤 되면 나 천사 아닌가.

아침부터 예민한 내 마음을 아는지 오늘 아침 심혈을 기울인 냄비 밥은 성공적이다. 여행 다니면서 압력솥, 냄비 밥 모두 마스터하겠군. 아침을 먹고 영광에 알아봐 둔 숙소에 전화를 걸어 예약을 마쳤다. 7만 원짜리 숙소를 5만 원에 해달라고 하려니 떨린다. 아주머니는 유쾌하게 웃으시더니 흔쾌히 오케이를 해 주셨다. 어릴 적 엄마가 물건값을 깎으시면 옆에서 그렇게 부끄럽더니 지금은 내가 네고의 달인이 되어 간다. 여행하면서 다양한 능력이 길러지고 있다.

"애들이 애들이에요? 엄마가 젊어 보이는데?"

짐을 챙겨 셋이서 나눠 들고나오다 마주친 청소 아주머니의 한 마디에 숨길 수 없는 미소가 번져간다. 숙소도 싸게 예약했고 아침부터 칭찬도 들었으니 기분 상했던 기억은 싹 지워 버린다. 기분 좋아졌어! 때로는 단순한 게 사는 데 도움이 되기도 한다.

목포대교: 전남 목포시 죽교동

엄마는 다 계획이 있구나

엄마가 오고 싶다는 이유로 아이들은 관심에도 없는 근대역사관을 둘러보는 중이다. 무심하게 지나가면서도 아이들은 새로운 것들을 배우고, 두루마기를 입고 태극기를 흔들며 3·1운동을 체험한다. 어릴 적 덕수궁 돌담길을 걸으며 엄마가 역사 이야기를 들려주셨던 기억이 난다. 한 귀로 듣고 한 귀로 흘리며 관심에도 없던 역사에 관심이 깊어진 건 내가 그때의 엄마 나이에 이르러서다. 나이가 들면 자연스레 뿌리에 대한 관심이 깊어지는 것인지, 엄마가 내 안에 뿌려놓은 씨앗이 슬며시 자란 것인지 이유는 모르겠다. 지금은 무심하게 태극기를 흔들고 있는 우리 딸도 내 나이가 되어서 역사에 관심을 기울이게 될지도 모를 일이다.

일제강점기에 농지를 잃은 농민들이 남부여대하여 상대적으로 일자리가 많은 항구로 몰리면서 목포의 인구도 늘어났다. 하지만 평지에는 일본인 동네가 이미 형성되어 있었다. 제 나라에서 설 자리를 잃은 우리 조상들은 산 위에 있던 산소를 다른 곳으로 옮기고 그곳에 집을 지어 마을을 이루기 시작했다고 한다. 조상 섬기기를 목숨같이 알았던 한국인들이 산소를 옮기고 마을을 형성하던 심정을 지금의 우리가 가늠할 수나 있을까? 산비탈마다 들어선 달동네는 그렇게 생겨났구나. 역사를 들여다보니 더 안쓰럽고 마음이 아프다.

역사관을 빠져나오면 바로 뒤편에 우뚝 솟은 바위산, 노적봉이 시선을 사로잡는다. 맞은 편에는 노적봉을 바라보기 좋은 위치에 유달산 공원이 자리하고 있다. 다만 오르막길과 수많은 계단을 올라야 한다. 엄마는 당연히 올라가고 싶고 아이들의 반응은 뻔하다.

"엄마 갔다 올 때까지 여기서 기다려도 돼."

시큰둥하던 두 아이가 살금살금 엄마 뒤를 밟아 꼭대기까지 쫄랑쫄랑 따라온다. 하하, 엄마의 계획에 말려 드셨군. 억지로 가자고 하면 따라오지 않거나 입이 잔뜩 튀어나왔을 텐데 의외의 상황이 힘든 일을 놀이로 만들어

원불교 익산성지

버린다. 이때 엄마가 할 일은 모른 척하며 올라가다 가끔 고개를 획 돌려주는 것뿐이다. 아이들은 서로 마주 보고 시시덕거리며 숨바꼭질하듯 신나게 노적봉을 오른다. 오후에는 아들이 가고 싶다던 자연사 박물관에 데려갈 거니까 당당하게 엄마가 하고 싶은 것을 한다. 우리는 동등한 여행 메이트이다.

유달산 공원에 오르다 보면 이순신 장군의 동상이 늠름하게 서 있다. 여기에도 이순신 장군의 동상이 서 있다면 이유가 있겠지? 임진왜란 때 심리 전술로 노적봉을 짚과 섶으로 둘러 군량미가 잔뜩 쌓인 것처럼 위장하고, 백성들에게는 군복을 입혔다고 한다. 이순신 장군은 도대체 어떤 사람이었을까? 창의력과 상상력이 이렇게 무궁무진하다면 꽤나 엉뚱한 면모도 갖고 있지 않았을까? 태평성대에 살았다면 예술가가 되었을지도 모르겠다.

그나저나 유달산 공원 전망대에 오르니 경치가 끝내준다. 목포진 역사공원의 풍경이 참새의 하늘에서 보는 아기자기한 느낌이라면, 이곳에서는 독수리의 눈높이를 즐기는 느낌이랄까? 등산하는 것에 비하면 그닥 많이 올라온 건 아닌데 사방이 탁 트인 광활한 목포가 한눈에 들어온다. 계단을 오르기가 버거웠지만 이 정도의 에너지를 들이고 이런 경치를 맛볼 수 있다면 가성비가 끝내준다. 우리 셋의 얼굴이 가득 차 배경을 다 가리면서도 뭐가 좋다고 깔깔거리며 함께 셀카를 찍었다.

허기진 배를 채우기 위해 정식을 먹으러 갔다. 세상에…, 목포 7천 원짜리 정식 클라쓰!! 없는 것 없이 상다리가 부러지게 차려내 주신 음식들이 하나하나 빠짐없이 최상의 맛을 뽐낸다. 한 가지 정도는 맛이 없어도 인간적이라고 이해해 줄 만한데, 이렇게 완벽한 식탁이라니. 옆테이블에 앉으신 아저씨도 이렇게 장사하면 뭐가 남느냐며 테이블 위에 깐 비닐이라도 조금 더 싼 것을 쓰시라며 잔소리하신다. 종류대로 풍성한 갖가지 생선, 고기, 나물 반찬들을 골고루 흰 밥 위에 얹어가며 야무지게 꼭꼭 씹어 밥 한 그릇씩을 깨끗하게 비웠다. 아무래도 목포는 밥만 먹으러라도 다음에 다시 와야겠다.

이번엔 아들이 가고 싶다던 자연사 박물관에 갈 차례다. 아들이 예전에 공룡 책에서 보고 여기 가고 싶다고 했을 때 목포는 멀어서 가기 힘들다고 친절하게 설명했는데 그 먼 곳에 아들을 데리고 오고야 말았다. 아들의 꿈이라도 이루어준 듯 엄마는 세상 뿌듯하다.

물론 나와 딸은 관심 제로. 관심사가 모두 다르다 보니 번갈아 가며 지루할 수밖에 없다. 지루함을 피할 수 없으니 각자 지루함을 즐기는 방법을 고안한다. 엄마와 딸이 찾아낸 방법은 인생 샷 찍기. 공룡에 관심 없는 사람이 둘이라 다행이다. 박물관 내용은 보지도 않고 예쁜 배경을 찾아다니며 모델과 사진사 역할을 충실하게 해낸다. 우리의 인생 샷 찍기 놀이에 지루해할 아들이 공룡 뼈에 정신 팔려있으니 이때가 사진 찍기에는 절호의 기회다. 다만 박물관에서 사진이나 찍고 놀고 있는 우리가 한심했던지 그가 한마디 한다.

"엄마, 이러려고 여기 온 게 아니잖아. 공부하려고 온 거야."

근대역사관 1관: 전남 목포시 영산로 29번길 6
유달산 공원: 전남 목포시 죽교동 400-3
목포 자연사 박물관: 전남 목포시 남농로 135

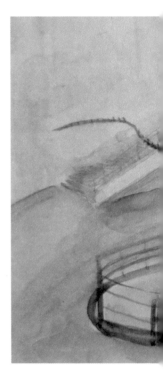

눈 복 지지리도 없는 대구 사람

운전대 앞에 자리를 잡으니 갑자기 피곤이 몰려온다. 어젯밤 잠을 설친 데다(잠자리가 계속 바뀌는 것에 몸이 쉽게 적응하지 못하고 있다) 온종일 돌아다니고 점심도 잔뜩 먹었으니 자리에 앉자마자 노곤해질 수밖에. 졸음을 쫓기 위해 열심히 노래를 부르며 애타게 휴게소를 찾는다.

영광으로 가는 길, 표지판에 나타난 '함평'이라는 두 글자가 몹시 반갑다. 몇 년 전 함평에서 일주일간 휴가를 보낸 적이 있다. 이번 여행 전 우리가 함께 간 유일한 서해지역이다. 갯벌이 많은 서해에서 놀고 싶다는 아이들의 말에 큰맘 먹고 일주일간 서해로 휴가를 왔더랬다. 주민분들이 좋은 동해를 두고 뭐 하러 이 먼 곳까지 왔냐고 웃으셨지. 물이 밀려 나가고 밀려 들어오며 시시각각 모습을 바꾸는 서해를 처음 경험한 우리에게는 모든 것이 새롭고 신기했다. 그때는 관광지로 개발이 덜 되어 성수기에도 사람이 많지 않았는데, 지금은 대형 카페도 많이 들어선 걸 보니 그사이 여기도 인기 관광지로 변모한 모양이다.

이번 여행은 가보지 못한 서해 정복이 목적이기에 행복한 추억이 깃든 함평은 지나치기로 한다. 고속도로를 내려 영광에 들어섰다. 붉은빛을 띤 진갈색 밭을 수 놓은 듯 깔끔한 블랙 앤 화이트 신사 차림의 까치 떼가 눈길을 사로잡는다. 집 근처에서도 흔히 보는 까치가 이런 장관을 연출하다니. 감탄사를 마구 내뱉으며 차를 세우고 사진을 찍었다. 길 전체에 차라곤 없으니 마음껏 차를 세워 사진을 찍어도 무방하다. 한적한 곳을 여행할 때만 누릴 수 있는 이런 자유로움이 시골 여행의 매력이다.

숙소를 찾아가는 길 곳곳에 하얗게 눈이 쌓여있다! 얼마 전에 눈이 왔었나 보네. 우리가 기다리고 기다리던 눈이 이미 내렸다니. 아무래도 우리가 한발 늦은 것 같다. 불행 중 다행스러운 것은 숙소 테라스에 아직 눈이 남아

있다는 사실이다. 감질나게 남아 있는 눈만으로도 행복한 아이들은 바로 테라스로 달려나가 꼬마 눈사람을 만들기 시작했다. 아이들은 늘 큰 욕심이 없다. 눈앞에 보이는 작은 행복을 충분히 누릴 줄 안다. 활기찬 아이들의 손끝에서 태어난 꼬마 눈사람 병정들이 어느새 테이블을 가득 채운다.

눈놀이에 신이 난 아이들을 바깥에서 올려다보시던 주인아저씨께서 흐뭇하게 웃으시며 2층으로 초코바를 던져 주신다. 클림트의 〈키스〉가 벽면을 가득 채우는 따뜻한 방안에서 두 다리 쭉 뻗고 아이들의 노는 모습을 바라보는 엄마의 입가에도 미소가 번진다. 옛날 어른들은 아이들이 잘 먹는 모습을 보면 행복하셨다는데 나는 아이들이 잘 노는 모습을 볼 때 행복을 느낀다. 밥보다는 놀이가 귀해진 시대가 되어 그런가 보다.

어쩌다 아이들이 노는 것이 특별한 일이 되었을까? 《아이들은 놀기 위해 세상에 온다》를 쓴 편혜문 작가의 말처럼 아이들이 노는 것은 당연한 건데 말이다. 나는 어린 시절을 시골에서 보낸 덕분에 유년 시절에 대한 기억을 오색찬란한 동화책 장면으로 간직하고 있다. 풀을 찧어 소꿉놀이를 하고, 페트병 가득 메뚜기를 잡아서 채우고, 진흙을 이겨 찰흙 놀이를 했다. 브레멘 음악대처럼 온 동네 아이들이 줄지어 산과 들을 돌아다니던 장면, 아카시아 잎 하나하나를 떼며 까르르 웃던 장면들 하나하나가 사랑스러운 동화책의 한 장 한 장을 곱게 장식한다.

누군가의 노력 없이도 자연스럽게 만들어지고 차곡차곡 쌓아지던 유년의 추억이 현대에는 부모의 똥고집으로 귀를 틀어막아야만 지켜줄 수 있는 소리 없는 투쟁이 되고 말았다. 내가 자연스러운 놀이를 경험한 마지막 세대가 된 건지도 모르겠다. 다행히 나는 놀이의 소중함을, 그 가치를 안다. 행복한 유년기는 평생을 행복하게 살아갈 원동력이 된다는 것을. 회색 도시에서 살아가지만 내 아이의 유년기에 다양한 빛깔을 더해 주고 싶다.

밖에 나가서 더 놀고 싶은지 물었더니 너무 추워서 안 되겠단다. 내일부터 무척 추울 거라더니 산속 공기는 이미 내일 일기예보에 도착해 버린 모양이다. 아이들이 어렸을 적 웬일로 대구에도 눈이 많이 온 적이 있었다. 그렇게나 기다렸던 눈인데 아이들은 너무 추워서 더 못 놀겠다며 금방 집에 들어가겠다고 했다. 언제 또 보게 될지 모르는 귀한 눈을 그냥 보내기 아쉬워 나는 커다란 대야에 눈을 잔뜩 담아 들고 들어왔다. 베란다에 자리를 깔고 앉아 대야에 가득 담긴 눈을 정성스럽게 갖고 노는 아이들을 보며 얼마나 뿌듯했는지 모른다. 놀이를 선물하는 데는 나도 극성이다.

일기예보를 확인해 보니 이번 주 토요일 영광에 다시 눈 소식이 있단다. 순간 토요일까지 영광에 있을까 하는 생각이 들었지만, 이번 주엔 추도예배 참석을 위해 대구에 가야 한다. 서해에는 눈이 많이 온다고 들었는데 우리가 자주 옮겨 다니다 보니 눈을 만나기가 생각보다 쉽지 않네. 눈 복 없는 대구 사람은 서해를 종횡무진 활보하면서도 요리조리 눈을 피해 가기만 하나 보다. 엄마가 장담한 눈놀이 한판이 아무래도 이번 여행에서는 어려울지도 모르겠다.

함께 다음날 일정을 결정하고 엄마가 숙소를 알아보는 사이 아이들은 다시 놀이를 시작한다. 둘이서 스피드 게임을 하고 보물찾기를 하며 깔깔댄다. '가족 오락관'(옛날사람들은 다 안다는 프로그램)이라도 찍는 줄 알았네.

번외편으로 아들의 코믹 댄스가 곁들여진다. 좁은 숙소에서도 정말 잘 노는구나. 진정한 놀이의 달인들이다. 엄지 척!

다음 날 아침, 염소와 개 짖는 소리에 눈을 뜬 아이들은 일어나자마자 어제 만든 눈사람 병정들의 생존을 확인하러 뛰어나간다. 날씨가 얼마나 추웠던지 눈사람이 아직도 그대로 생명을 보존 중이다. 여행 중 대형 눈사람과의 조우를 기대하며 우리 귀요미 눈사람과는 여기서 작별 인사를 하자꾸나.

어디서든 잘 놀아요

딸아이의 모래 수집을 위해 가마미해수욕장에 잠시 들렀다. 제주도의 어느 분식집에서 본 제주 바닷모래 컬렉션에 아이디어를 얻어 모래 수집을 시작했는데 서해의 모래는 모두 비슷한가 보다. 지금까지 모은 세 개의 유리 병에 담긴 모래가 구분할 수 없이 똑같단다. 아무래도 모래 수집은 제주에서 해야 하나 보다. 결과물에 대한 기대는 내려놓고 덕분에 겨울 바다나 부지런히 들르기로 한다. 가는 길 곳곳마다 유명한 영광 굴비 말리는 풍경이 인상적이다. 영광이라는 지역 전체가 커다란 굴비 공장인 것처럼 차를 타고 가는 내내 굴비 병풍이 끝나지 않는다.

고창으로 가는 길, 차에서는 아이들의 글씨 찾기 놀이

가 한창이다. 누가 먼저 제안했는지 기억은 나지 않지만 '가'에서 '하'까지 차례대로 글씨를 찾는 두 아이만의 놀이다. 차를 타고 가는 길이 지루할 법도 한데 둘이서 신나게 놀기 시작하면 금방 도착이다.

"오늘 점심은 내가 사지!"

갈비탕집에 들어가며 오늘은 엄마가 특별히 한턱내는 거라고 큰소리치자 아이들이 웃는다. 밥 잘 사주는 예쁜 엄마와 귀염 뽀짝 밤톨 같은 아이들은 커다란 뚝배기에 나온 뜨끈한 갈비탕 한 그릇씩을 단숨에 들이켰다. 너희들 정말 잘 먹는구나. 엄마와 한 그릇을 나눠 먹다가 세월이 흘러 둘이서 한 그릇을 나눠 먹던 아이들이 언제 이만큼 커서 어른 1인분씩을 뚝딱 비워 버린다. 1인분으로는 부족할 날도 머지않은 듯하다.

고창 고인돌 공원 주차장에 주차하고 이리저리 고개를 돌리며 유적지를 찾는다. 주차장에서 꽤 멀리 떨어진 곳에 유적지가 보인다. 다리 건너편까지 걸어가야 하는데 아이들이 멀다며 차를 타고 가자고 한다. 그냥 걸어갔다 오면 좋겠는데 동장군이 활개를 펴는 날씨에 내 의견만 고집할 수는 없으니 다시 차에 올라탔다. 하지만 차를 타고 더 가까운 곳까지 가겠다는 우리의 계획은 뜻을 이루지 못했다. 내비게이션은 자꾸만 엉뚱한 곳에 우리를 떨어뜨려 놓고, 한참을 빙글빙글 돌아도 원하는 곳을 찾을 수가 없다. 결국엔 처음 갔던 주차장에 다시 주차하고 걸어가기 싫다고 했던 길을 걸어가야 했다. 그러나 아이들은 불평 없이 걸으며 하얗게 꽁꽁 얼어붙은 시내를 보고 신이 나고, 신기한 소리를 내는 거위를 보고 신이 나고, 여기저기 남아 있는 눈을 가지고 놀며 또 신이 난다. 이런 단순함이 어린이의 매력이다.

아이 특유의 놀이로 자기들만의 세계를 구축하는 동안 나는 주변을 걸으며 고인돌 유적지를 살펴볼 수 있었다. 짙은 초록빛으로 가득한 여름에 찍은 사진 한 장에 매료되어 온 곳인데 정반대의 계절에 왔으니 사진에서 본 풍경을 찾을 수는 없다. 마른 풀과 앙상한 나무를 배경으로 한 커다란 바윗덩이들은 아무래도 삭막하다. 아이들도 탁자식 고인돌보다는 대부분이 평범한 돌 같은 고인돌이 많아서 실망스러웠다고 했다. 하지만 그와 상관없이 아이들은 어디서든 잘 논다. 풀을 찧으며 소꿉놀이를 하고 뜬금없는 상황극을 벌이기도 한다. 신기한 것을 발견할 때마다 엄마에게 뛰어와 자랑하는 아이들의 얼굴에 함박꽃 같은 웃음이 피어난다. 자연은 언제나 아이들에게 가장 좋은 놀이터다. 날씨는 꽤 포근해졌고 아이들은 잘 놀아서 한껏 기분이 좋다. 나 또한 잘 노는 아이들을 보며 마음이 포근해진다.

고창을 빠져나오다가 아무런 예고 없이 문득 하늘에 걸린 커다란 무지개를 발견했다. 우리가 이곳을 지나기 전에 비가 왔었나 보다. 적절한 타이밍에 이 길을 지나가는 덕분에 예상치 못한 선물을 받았다. 평범한 시골길이 갑작스레 동화 속 한 장면이 된다. 아이들과 길을 가다 무지개를 만나고 다 같이 머리를 맞대어 길을 찾는 이 시간을 고이 접어 소중하게 책갈피에 끼운다.

가마미해수욕장: 전남 영광군 홍농읍 가마미로 341-6

고인돌 유적지: 전북 고창군 고창읍 죽림리 665-9

배려는 사랑에서 나온다

"짠, 오늘 저녁은 라면!"

깜짝 선물이라도 되는 듯 라면을 꺼내 보이니 아이들이 환호성을 지른다.

먼 길을 달려 담양 숙소에 도착하니 온몸이 허물어지듯 피곤이 몰려온다. 그러나 아무리 피곤해도 아이들 밥부터 먹여야 하는 게 엄마다. 이럴 땐 라면이 진리, 이렇게 피곤한 날 라면은 선심 쓰며 한 끼를 때울 수 있는 비장의 무기다. 내가 좋아하는 떡은 없지만(나는 떡라면파라 떡이 중요하긴 하다.) 파송송계란탁 넣어 끓인 라면을 호로록 빨아들인다. 라면 만드신 분, 진심 칭찬합니다.

예전에 한 영국인 친구가 한국인들은 해외여행 갈 때

라면을 꼭 챙겨간다고 들었다며 내게도 그런지 물었다. 고민할 필요도 없이 대답은 Yes다. 해외여행은 물론이고 어느 여행길이나 라면은 필수품이다. 밤늦도록 여행을 즐기느라 저녁을 먹고도 출출해질 때, 정성스레 구운 고기와 함께 먹을 얼큰한 국물이 필요할 때, 물놀이 후 출출할 때도 가장 어울리는 음식은 단연 라면이다. 평소에는 몸에 좋지 않다며 찬장 구석에서 쉽사리 꺼내지 않지만, 여행길에서는 라면에 무척 후하다.

남은 에너지를 싹싹 긁어모아 라면을 끓이고 저녁까지 먹고 나니 완전히 방전되고 말았다.

"엄마 조금만 잘게."

설거지도 미뤄둔 채 그대로 침대에 쓰러졌다. 한 시간쯤 쓰러져 자고 나서야 가까스로 정신을 차렸다. 아이들의 속닥거리는 소리가 들린다. 한 시간 동안 이렇게 작은 목소리로 이야기하면서 놀고 있었던 거야? 세상에…, 엄마가 아무것도 모르고 잠들어 있는 사이 아이들은 엄마를 이렇게 배려하고 있었구나. 기특한 녀석들. 아이들은 어른들이 생각하는 것보다 배려심이 많다. 엄마를 아끼는 마음에서 우러난 아이들의 배려에 마음이 출렁인다.

그때, 우리의 평화를 깨는 소음이 벽을 뚫고 들이닥쳤다. 개념 없는 청년들이 방 안팎을 넘나들며 마구 소리를 지르고 떠들어 댄다. 친구들과의 여행이 너무나 즐거운 나머지 함께 펜션을 이용하는 이름 모를 숙박객 따위는 눈에 보이지 않나 보다. 이런 밤에는 놀이터에서 술래잡기하는 아이들의 소리도 참아주기 힘들 텐데, 다 큰 어른들의 우당탕하는 발소리와 괴성은 아무래도 언짢다.

최대한 너그럽게 한 시간쯤 참아주었지만 더이상은 힘들다. 이제는 잠도 자야 할 시간이다. 주인아저씨께 전화를 드려 조용히 시켜주시길 부탁드렸다. 우리의 의사가 전달되고 소음이 다소 낮아지는 듯했지만, 여전히 어른들의 놀이는 계속되었다. 한창인 젊은이들의 에너지가 다할 때까지 고요한 밤은 기대할 수 없었다. 남이라 불리는 사람까지 배려할 수 있는 넉넉한 사랑을 그들에게 기대할 수 없는 것 같았다.

오랜 시간 집을 떠나 있는 것만으로도 불편한 점이 많은데 저렴한 숙소를 찾다 보니 불편함이 쓸데없이 더해지기도 한다. 여행이 시작된 지 일주일 만에 딸아이는 여행을 다니니까 방학이 한참 지난 것 같다며 이제 방학이 끝나도 괜찮을 것 같다고 했다. 실컷 놀았다는 의미도 있지만 불편해서 집에 가고 싶은 마음도 담고 있었던 것 같다. 여행 중 대구에 들러야 할 일이 있어 번거롭다는 생각도 들었는데, 이 시점에 집에 가서 며칠 편히 쉬는 것도 괜찮을 것 같다.

밖은 여전히 시끄럽지만 피곤함이라는 자장가 덕분에 모두 잠이 푹 들었다. 불평 거리가 생길 때도 여전히 감사할 일은 있다. 불편함을 감수하는 것도 여행의 일부다. 불편함을 태연하게 견디며 우리는 또 한 뼘 자란다.

로망, 현실이 되다

10시, 오픈 시간에 맞춰 카페에 도착했다. 전날 숙소 가는 길에 우연히 보고 한눈에 반해 점찍어 둔 곳이다. 건물이 많지 않은 허허벌판에 홀로 서 있는 노란색 건물이 관광객의 눈길을 사로잡는다. 카페 앞에는 노란색 스포츠카가 노란색 건물과 어우러지며 위용을 뽐내고 있다. 'no matter'이라…, 카페 이름도 맘에 쏙 든다. 인생길에 마주치는 크고 작은 문제들이 실상은 문제 될 것 없는 일들이지. '괜찮아, 문제없어' 생각하고 살다 보면 정말 괜찮아지는 마법 같은 주문이다.

무거운 문을 조심스럽게 밀고 들어섰다. 세련되고 분위기 있는 인테리어에 멋진 작품들까지 가득하다. 곳곳에서 예술가의 숨결이 느껴진다. 창밖으로는 담양의 상징,

메타세쿼이아 길이 그림처럼 펼쳐진다. 11년 전 여름에 봤던 울창하고 푸르른 메타세쿼이아 길도 환상적이었지만 겨울의 메타세쿼이아 길도 충분히 운치 있다. 여백의 미가 가득한 동양화의 풍경이다.

메타세쿼이아 길을 마주한 창가에 자리를 잡고 주문을 하러 갔다. 만화를 찢고 나온 듯한 이 카페의 마스코트 달마티안이 계산대에 머리를 내밀고 우리를 맞는다. 이런 심각한 귀여움이라니, 개를 좋아하지 않는 나도 반하게 만드는 매력이 철철 넘쳐 흐른다. 예상치 못한 심장 어택에 심장을 부여잡고 가까스로 주문을 완료했다.

뷰, 음료, 작품, 분위기 모든 것이 취향 저격이다. 이렇게 완벽할 수가! 딱 앉아서 그림 그리고 싶은 곳에 자리를 잡고 여유롭게 그림 도구를 꺼낸다. 아이들과 여행 중에, 더군다나 겨울 여행 중에 현장에서 그림을 그리기는 쉽지 않다 보니 이번 여행 중 첫 번째 어반스케치다. 여행 사진을 꺼내 추억을 곱씹으며 그림 그리는 시간도 좋지만, 현장에서 그리는 것은 그것만의 또 다른 매력을 가진다. 짧은 시간 안에 그려내기 때문에 정성을 많이 들이지 못하더라도 그 순간에 그 장소를 관찰하며 그리는 현

2019. 1. 10.
양양 구재배도

장감이 짜릿하다. 한순간의 사진으로는 모두 담지 못할 그 장소의 세세한 이야기가 어반스케치라는 장르의 그림 한 장에 담긴다. 오랫동안 꿈꾸어 왔던 나의 로망이 현실이 되는 순간이다.

아이들도 재빨리 문제집을 끝내고 종이접기를 하며 자유로운 시간을 보냈다. 달마티안이 2층까지 올라와 쓰다듬어 달라며 우리 곁을 맴돈다. 아이들은 달마티안과 사진을 찍으며 즐거운 한때를 보냈다(사람을 좋아하던 이 달마티안은 몇 년 사이 장난기 많은 아이에게 혼쭐이 났는지 사람을 무서워하게 됐다고 한다. 안타까운 일이다).

이제 남원으로 가야 하는데 평화로운 이곳에 마냥 앉아 시간을 더 보내고 싶다. 그러면서도 여기에 앉아 더 시간을 보내지 못하는 이유는 남원에서 들르고 싶은 곳이 또 한 군데 있기 때문이다. 여행 중 욕심을 최대한 줄이려고 하는데 왜 이렇게 가보고 싶은 곳이 자꾸만 생기는 건지, 정말 못 말린다.

카페에서 미적거리다 예정보다 늦게 출발했는데 자꾸만 엉뚱한 곳으로 우리를 데려가는 내비게이션 때문에 담양을 빠져나오는데도 한참 애를 먹었다. 내비게이션이 데려가는 길로 가면 길이 막혀 있고, 다른 방향으로 길을 잡아봐도 내비게이션은 끊임없이 같은 길을 고집한다. 핸드폰으로 내비게이션을 켜 보지만 깊은 시골이라 GPS 마저 끊어지고 만다. 같은 길을 얼마나 빙빙 돌았는지…. 결국엔 어떻게 길을 찾았는지 스스로도 이해할 수가 없다. 방법을 알지 못하고 한참을 헤매다 보니 어느 순간 미로에서 빠져나와 있다. 같은 길을 맴도는 것 같아도 헤매기를 포기하지 않으면 길은 다 생기기 마련인가 보다. 정말 'no matter'이다.

길을 헤매다 늦었으면 바로 점심 먹으러 가야 할 텐데 혼불 문학관을 포기할 수가 없었다. 물론 여기도 아이들은 관심 없는 곳이지만 요즘 《혼불》을 읽던 중이라 이번에 꼭 들르고 싶었다. 식당에 가기 전 기어이 문학관으로 향했다.

"엄마 금방 돌아보고 나올게. 들어가기 싫으면 마당에서 놀고 있어."

직진 엄마 또 시작이다. 밖이 너무 춥다며 아이들이 엄마를 따라 들어온다. 아이들을 데리고 문학관에 들어서니 마음이 급해지지만, 다행히 문학관은 크지 않고 내부는 따뜻하다. 혼불의 주요 장면들을 디오라마로 재현하고 음성으로 책을 읽어주어 조용히 듣고 있으니 나도 모르게 그 장면에 빨려 들어간다. 사실 책은 묘사가 너무 많아서 읽어내기에 쉽지 않은데, 그림으로 그리듯 자세하게 묘사된 장면을 디오라마로 표현한 것은 탁월한 선택이다. 책 내용을 전혀 모르는 아이들에게도 구경할 거리가 가득하다. 아들은 박물관에 온 듯, 딸은 미술관에 온 듯 전시물을 구경한다. 아이들에게도 즐거운 구경거리가 되어 다행이다. 잘 기다려줘서 고마워. 오늘도 엄마가 맛있는 점심 사줄게. 엄마가 한턱 쏘지.

노매럴 카페: 전남 담양군 금성면 담순로 66
혼불문학관: 전북 남원시 사매면 노봉안길 52

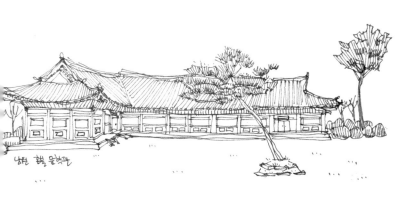

남원 향토 문학관

여행 중 쉼표 하나

남원역에 모습을 드러낸 아빠에게 두 아이가 팔이 빠지도록 힘차게 손을 흔든다. 일주일 동안 그리워하던 아빠를 매주 다른 곳에서 만나는 즐거움도 크다. 물론 아빠는 주말마다 먼 곳까지 가족을 만나러 오느라 고생이 이만저만이 아니다. 어차피 주말 부부라 대구로 가는 길과 다를 바 없을 거라고 생각했지만, 일주일 내내 일하고 주말마다 다른 지역으로 와서 여행에 합류하는 것이 예상했던 것처럼 쉬운 일은 아니다.

그런데도 남편이 오면 혼자서 하던 일을 자연스럽게 남편과 나누어 하다 보니 나는 마음 놓고 쉬게 된다. 역시 남편을 만나자마자 운전석을 남편에게 넘기고 대구까지 오는 길엔 차에서 눈을 붙이며 편히 쉬어 버린다. 주말만 가능한 남편 찬스를 놓칠 수가 없다.

두 주 만에 집에 왔다. 아무것도 하지 않고 쉬겠다는 거창한 계획을 세웠다. 늘어지게 늦잠을 자고 책이나 읽으며 온종일 침대에서 뒹굴었다. 딸이 그동안 못했던 베이킹을 하고 싶다며 점심으로 먹을 피자를 만들겠단다. 그래 주면 엄마야 고맙지. 덕분에 엄마는 정말 제대로 쉬겠구나.

엄마는 한 번도 만들어 본 적 없는 피자 도우를 딸아이 혼자서 뚝딱뚝딱 만든다. 내가 보기에는 세상 귀찮은 일을 하면서 콧노래를 흥얼댄다. 토핑과 치즈를 푸짐하게 얹어 갓 만든 홈메이드 피자를 내어놓는 딸의 얼굴에 자랑스러움이 가득하다. 온 식구가 환호하며 식탁에 둘러앉아 따끈따끈한 피자를 입 한가득 베어 문다. 이런 피자를 내어놓는데 어찌 환호가 터지지 않으며, 이렇게 환호성이 터지는데 어찌 자랑스럽지 않을까?

"넌 이런 거 만드는 거 안 귀찮아?"
"응, 너무 재미있고 뿌듯해. 여행 다니는 건 좋은데, 그동안 베이킹을 못하는 게 아쉬워."

여행을 다니면서도 아이들이 하고 싶은 것을 할 수 있도록 여유롭게 움직이고 아이들의 의사를 묻지만, 여행 중에 하기에는 여건이 되지 않는 것이 있다. 딸의 경우에는 준비물이 많이 필요한 베이킹이고, 아들의 경우에는 친구가 많이 필요한 티볼이 그러하다. 다행히 겨울 방학은 길어서 한 달간의 여행이 끝나고서도 두 주 이상의 여유 시간이 있다. 그때는 집에서 실컷 베이킹만 해도 좋다며 딸의 아쉬움을 달래 준다.

이 시점에서 딸아이는 여행에 조금은 지친 게 사실이다. 나를 닮은 아들은 여행 에너지가 많고 새로운 곳에 대한 호기심도 대단하지만, 딸은 철저히 휴양형 여행파다. 난생처음 해 보는 이런 이동형 장기 여행이 딸아이에게는 버겁기도 할 테다. 장시간 차를 타는 것도 힘들고, 일정을 아무리 줄여도 매일같이 어딘가에 나간다는 것이 고단한 일이기도 하다.

한 달간의 여행 중 집에 와서 며칠 쉬어가는 것은 의도치 않게 신의 한 수가 되었다. 여행 중 최대한 힘을 빼고 쉰다고 해도 집에서 쉬는 것만 못하다. 오랜만에 집에 오니 침대는 유난히 편안하고, 공간은 놀랍도록 넓다. 필

요한 모든 것들이 익숙한 장소에서 우리를 반긴다. 좋아
하는 장난감과 책에 둘러싸여 최대한 게으르게 시간을
보낸다. 넓은 공간에 흩어져 혼자만의 시간을 보내는 것
도 쉼을 위해 중요한 부분이다. 아무리 가족이라도 매일
매일 하루 종일 좁은 공간을 같이 나누는 것은 피곤한
일이 될 수 있으니까. 뒹굴뒹굴 굴러다니다 여행 가방의
장난감을 생각나는 대로 바꾸어 넣고, 읽을 책도 새로
챙긴다. 내일의 여행이 설레고 오늘의 쉼이 달콤하다.

집밥, 담다: 전북 남원시 하정1길 28
명문제과: 전북 남원시 용성로 56

소설 《아리랑》의 무대를 걷다

처음부터 김제에 갈 계획은 아니었다. 하루 푹 쉬고 여행을 재개하는 날, 우리는 대구를 떠나 군산으로 갈 생각이었다. 그러나 군산까지 직진하려니 그 중간에 보이는 '김제'라는 두 글자가 눈앞에 아른댄다. 쉬엄쉬엄 여행하겠다고 다짐하고 결심하지만 내 머릿속엔 여전히 가고 싶은 곳이 가득하다. 이게 나름 줄이고 줄인 결과라고 변명해두자.

소설 《아리랑》을 읽으며 김제평야에 가보고 싶었는데, 마침 아리랑 문학관도 있다니 그냥 지나칠 수가 없다. 물론 아이들은 관심 없을 테고, 남원에서 혼불 문학관에 데려간 지 며칠 되지 않아 눈치가 보인다. 하지만 언제 또 김제에 올 수 있을지도 모르는데 그냥 지나칠 수가 없는 거다.

"엄마 아리랑 문학관 가고 싶은데 너네는 카페에서 기다릴래?"

남편에게 미리 물어보지도 않았으면서 그 제안에는 이미 '카페에서 아이들 데리고 있어 줘'라는 부탁이 포함되어 있다. 다행히 아이들도 남편도 나의 제안을 흔쾌히 받아들여 주었다. 문학관보다는 카페가 모두에게 마음에 드는 선택지임이 분명하다.

그렇게 우리는 김제로 향하게 되었다. 김제로 가는 길, 곳곳에 눈 덮인 산이 나타난다. 대구에서 볼 수 없는 눈이 전라도에는 많이 내리는 게 분명하군. 만나기가 힘들다는 게 문제다. 내가 좋아하는 마이산도 산봉우리에 하얗게 눈이 쌓였다. 말의 귀를 닮았다고 하여 마이산으로 불리는 두 개의 바위산, 깎은 듯 매끈하게 솟은 두 봉우리가 얼마나 앙증맞게 귀여운지 모른다. 중학교 시절 수학여행을 갔던 추억이 이곳을 지날 때마다 떠오른다. 힘들다고 투덜대며 올라갔다가 사람들이 쌓아놓은 수많은 탑을 보고 눈이 휘둥그레졌던 장면이 사진을 찍어놓은 듯 펼쳐진다.

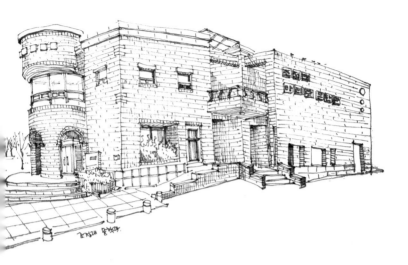

　소설을 읽으며 상상만 하던 김제에 도착했다. 남편과 아이들을 벽골제 공원 카페에 내려주고 나 홀로 맞은 편에 있는 아리랑 문학관에 들어선다. 입구에서부터 내 키보다 높이 쌓인 작가의 원고지 탑이 눈길을 끈다. 소설을 흥미롭게 읽은 만큼 문학관 안에 전시된 모든 사진과 글귀, 물건에 관심을 쏟게 된다. 소설이 계획되는 순간부터 준비하고 집필하는 모든 과정에서 사용된 갖가지 물품들과 취재 수첩이 쏟아내는 풍성한 이야기에 귀가 솔깃해진다. 한국을 넘어 일본, 중국, 러시아, 동남아시아, 미국을 넘나들며 세심하게, 빼곡하게 기록하고, 그리고, 상상하며 작품을 구상하던 시간과 '글감옥'이라고 이름 붙인 방 안에 갇혀 오로지 글에만 집중했던 시간을 보낸 작가의 노력과 열정, 인내가 고스란히 전해진다.

소설 속에 등장하는 배경과 인물들은 이렇게 취재를 통해 창조되고 각색되었던 거구나. 독립을 위해 갖가지 노력을 기울였지만, 번번이 좌절했던 신세호가 노년에 술을 마시고 일본인들의 건물에 오줌을 갈기며 '오줌 대감'이라는 별명을 얻게 되는데, 그 부분도 취재를 통해 발견한 현존 인물을 각색한 부분이었다니! 책을 읽으면서 소설이라기보다는 역사서 같고, 등장인물 하나하나가 실존 인물처럼 가깝게 다가온 이유가 여기에 있었구나.

문학관을 둘러보고 나니 근처에 있는 문학마을도 가보고 싶다. 욕심이 끝이 없다. 카페에서 기다리고 있는 가족들에게 전화해 살며시 상황을 물어보니, 벽골제 공원을 둘러보고 이제 막 카페에 들어갔다고 한다.

"그러면 나 문학마을도 갔다 갈게."

한껏 신이 나서 문학마을로 향한다. 대구에서 출발할 때 피곤하길래 '장기 여행은 지나친 욕심이었던 건가'하는 생각을 했는데, 여행지를 걷기 시작하니 힘이 펄펄 솟는다. 역시 난 여행 체질이야.

사방팔방 어디를 둘러봐도 지평선이 끝없이 펼쳐진다. 어느 한 곳 막힘없이 하늘과 맞닿아 있는 지평선을 볼 수 있는 곳은 대한민국에서 유일무이, 김제뿐이다. 특히 산으로 둘러싸인 대구에 사는 내게 이곳 풍경은 신선하고 신비롭다. 《아리랑》에서 조정래는 김제평야의 모습을 '어느 누구나 기를 쓰고 걸어도 언제나 제자리에서 헛걸음질을 하고 있는 것 같은 착각에 빠지게 만들었다.'고 표현했다. 탈 것이 없던 시절에 걸어도 걸어도 똑같은 풍경이 반복되는 넓은 김제평야와 기를 쓰고 걸어야만 했을 농부의 바쁜 걸음이 눈에 선하다. 차를 타고 가면서도 끝없이 펼쳐지는 평야를 보고 있으니 가슴이 뻥 뚫리는 듯 시원하다.

초여름, 모내기를 앞두고 이 넓은 논에 야트막하게 물 담긴 풍경은 장관이겠구나. 하늘이 예쁜 날 물 담은 논에 비친 하늘과 구름이 만들어 내는 데칼코마니 작품은 내가 가장 사랑하는 시골 풍경이다. 가을에 오면 황금 물결 논 뷰가 사방으로 화려하게 펼쳐지겠지. 눈이 내려도 장난 아니겠구면. 사계절 중 언제 와도 자연의 장엄함을 만끽할 수 있는 곳이다.

여유롭게 나만의 시간을 즐기기 위해 김제평야를 누비는 이 시간, 나는 날아갈 듯 들뜬다. 혼자만의 시간이 꼭 필요한 나는 가족여행 중에도 잠깐씩 빠져나와 이런 시간을 즐기곤 한다. 시드니에서 일출을 보기 위해 아침 일찍 빠져나와 일출 장소를 찾아가던 길, 제주 한 달 살이 중 홀로 걷던 올레길, 함평 여행 중 홀로 차를 몰고 가던 꽃분홍 배롱나무가 줄지어 있던 길에서 나는 유난히 신이 나 팔짝팔짝 뛰었더랬다. 이번 여행에서는 아리랑 문학마을이 나를 재충전시키는 공간이 될 예정이다.

포근한 어느 겨울날, 소설 속 장면들을 떠올리며 소설의 무대를 거닌다. 소설을 재현해 둔 곳이지만 내가 좋아했던 인물들의 집 앞을 걸으며 마치 그들이 실제로 여기서 살았던 것처럼 그들의 삶을 떠올린다. 어디인지도 모르는 하와이로 아들을 보내야 해서, 다시 볼 수 없을지도 모른다는 불안한 마음으로 김제에서 군산까지 아들과 지삼출의 뒤를 따라 힘겹게 걷던 감골댁의 모습이 선하다. 방문을 열면 눈물을 훔치고 있는 감골댁이 거기 있을 것만 같다. 이웃의 사정을 돌봐주기 위해 백방 뛰어

다니던 지삼출이 어디선가 늠름하게 걸어 나오는 듯하다. 주재소, 정미소, 면사무소 등 일제 수탈의 현장과 전시관을 걸으며 소설의 장면장면을 그린다. 그려지는 장면들이 하나같이 마음 아프고 애처롭다.

　같은 배경을 그린 박경리의《토지》를 읽을 때는 아픈 역사 속에서도 곳곳에 통쾌함이 있는데, 조정래의 소설은 아픈 역사를 적나라하게 펼쳐 놓아 글을 읽는 중에도 현실을 직면하는 아픔을 고스란히 겪게 된다. 적어도 결말에는《토지》에서와 같이 해방되었다고 어깨춤을 추고, 해방을 알리기 위해 신나게 뛰어가는 등의 장면을 기대했는데,《아리랑》에서는 해방 장면에서조차 비극이 정점을 찍으며 끝을 맺는다. 해방 소식을 듣고 신나게 조국으로 돌아가는 길에 몰살당하고 마는《아리랑》의 마지막 장면은 다시 봐도 마음이 찢어진다.

　가족들의 배려 덕분에 소설 속 여행을 즐겁게 마치고 함께 군산으로 간다. 군산에서도 《아리랑》의 흔적을 곳곳에서 찾을 수 있겠지. 학창 시절에는 책 안 읽는다고 엄마한테 잔소리도, 놀림도 많이 받던 내가 언제부터 이렇게 문학소녀 코스프레를 하게 되었나 싶어 웃음이 난다. 원주 여행에서 우연히 들른 박경리 문학관에서 평생에 《토지》는 꼭 한 번 읽어봐야겠다고 생각했다. 그렇게 읽게 된 《토지》가 나의 독서 생활을 이렇게 바꾸어 놓을 줄이야.

　여행 중에 새로운 것을 접하다 보면 관심 분야가 늘어난다. 특히 발로 뛰어 알게 된 것에는 더욱 애착을 갖게 된다. 그렇게 관심 분야가 많아지고 열정이 커지고 덕분에 인생은 풍성해진다. 책이라곤 읽지 않던 내가 마흔이 넘어 대하소설에 빠져 문학관을 찾아다니는 것은 상상도 못 했던 일이다. 오래 살고 볼 일이다. 여든이 되었을 때는 상상도 못 한 또 어떤 취미를 갖고 있을지 궁금하다.

조정래 아리랑 문학관: 전북 김제시 부량면 용성1길 24

아리랑 문학마을: 전북 김제시 죽산면 화초로 180

셋째 주

군산-서천-보령-부여-수원-서울

어쩔 수 없이 과거로 가야 한다면

　떡볶이 하나를 사러 가는데도 시간여행이 가능한 곳, 군산에 도착했다.

　"야, 여기 영화세트장 같은데?"

　60년 전통의 군산 1호 호텔, 1930년대 컨셉으로 리모 델링까지 했다니 내가 살아보지도 않았던 과거에 뚝 떨 어진 셈이다. 어릴 적 엄마 따라가던 목욕탕을 연상시키 는 프런트에서 요즘은 보기 드문 열쇠를 받아 들었다. 자 개장을 비롯해 서예 글씨를 담은 액자, 계단에 붙은 '정 숙'이라는 글자까지 TV에서나 보던 공간이다. 방으로 들 어가면 호텔이라기보다는 여인숙이라는 이름이 어울릴 듯한 레트로 감성 가득한 공간이 나타난다. 벽지, 소품, 가구 등 모든 것이 어우러져 과거로 우리를 초대한다.

목욕탕도 이용할 수 있고 하룻밤 묵기 괜찮은 숙소인데 다만 우리로선 주방이 없다는 점이 아쉽다. 유명 관광지인 군산에서 주말 숙박을 위해 바로 전날 숙소를 구하려니 주방을 갖춘 저렴한 숙소를 찾을 수가 없었다. 짐을 풀어 두고 저녁 먹으러 나가자고 했지만, 아이들은 이미 새하얀 이불 위에 딱 붙어 떨어질 생각이 없다. 대구에서 김제를 거쳐 군산까지 왔으니 피곤하기도 할 테다. 배달을 시킬까 하다가 내일 아침 먹을 것도 필요해서 아이들만 두고 나가서 먹을 것을 사 오기로 의견을 모았다.

그새 밖이 어두워졌다. 어두움이 덮은 고건물 가득한 거리가 은은한 불빛에 부분적으로 모습을 드러내며 신비스러움을 더한다. 근대 역사를 고스란히 간직한 군산의 밤거리가 일본 여행이라도 온 듯 낯설다. 비록 아이들 먹일 저녁을 사러 나왔지만, 오랜만에 남편과 손을 잡고 데이트하는 기분으로 낯선 거리를 걷는다. 아이들을 키우는 동안 보고 싶은 영화가 생기면 한 명씩 아이들을 돌보며 다른 날 같은 영화를 보곤 했다. 비록 짧은 시간이지만 이렇게 둘이서 거리를 걷는 게 얼마 만인지 모른다.

군산의 명물 이성당 빵집이 멀리서부터 눈에 띈다. 입

구에 길게 늘어선 줄이 이성당의 존재감을 확실하게 드러낸다. 우리나라에 남아 있는 가장 오래된 빵집이라니, 이성당의 인기야 말할 필요도 없다. 하지만 줄서기 싫어하는 우리는 일단 이성당을 지나치기로 한다. 분식집과 편의점을 부지런히 돌며 저녁 먹을 것과 간식을 산 후 다시 이성당으로 향했다.

"나이스! 이제 사람 많이 없네."

운수 대통한 듯 씩씩하게 빵집으로 들어섰다.

"이성당에는 뭐가 유명하지?"

"이거네, 이거"

이 늦은 시간까지 끊임없이 구워져 나오는 빵이 보인다. 이 시간에 이렇게 잔뜩 구워내도 다 팔 수 있다는 자신감, 역시 이성당이다. 야채빵과 단팥빵 외에도 맛있어 보이는 빵을 마음껏 골라 담았다. 아기새들이 기다리는 둥지로 돌아오는 길, 맛난 먹거리로 두 손을 가득 채운 엄마, 아빠의 어깨가 으쓱하다.

따끈따끈한 호텔 방의 작은 상 위에 내가 좋아하는 떡볶이와 아들이 좋아하는 김밥, 어묵탕을 펼쳐 놓고 네 식구가 옹기종기 둘러앉았다. 떡, 만두, 어묵, 라면 사리를 푸짐하게 넣어 잡탕이라 불리는 국물 떡볶이에 김밥

군산 아리랑사진

을 꾹 찍으면 입안에 침이 가득 고인다. 매콤달콤하여 적당히 자극적인 양념과 쫀득한 식감의 떡, 흐물흐물하게 양념이 잘 밴 어묵과 사리까지 찰떡궁합이다. 겨울밤에 잘 어울리는 뜨끈한 어묵 국물도 같이 마셔준다.

어릴 적부터 가장 좋아하는 음식 1위를 놓친 적 없는 내 사랑 떡볶이를 여행 중 곳곳에서 먹어 볼 수 있다는 것도 국내 장기 여행의 매력이다. 그닥 미식가는 아니라 다양한 떡볶이의 맛을 비교 분석할 재주는 없지만, 도장 깨기라도 하듯 그 지역의 유명 떡볶이를 꼭 먹어야 직성이 풀린다. 엄마의 유별난 떡볶이 사랑 때문에 뱃속에서부터 일주일에 한 번은 꾸준히 먹어온 떡볶이가 우리 아이들에게는 고향 음식이다.

즐겁게 저녁을 먹던 중 우리가 며칠 전 다녀왔던 고창의 고인돌 유적지가 TV에 나오자 아들이 흥분해서 소리를 지른다.

"엄마, 엄마, 저기 우리 갔던 데잖아."

드라마 〈응답하라 1988〉에서 덕선이가 TV에 나올 때 온 동네 사람들이 그렇게 좋아하던 장면 같다고 하면, 너무 허풍이 심한가? 바로 며칠 전 갔던 곳을 TV에서 만

나니 무척 반갑기도 할 테다. 앞으로 어딘가에서 보았을 때 반가워할 장소가 매일매일 늘어나고 있다. 책을 읽다가 혹은 영화를 보다가 내가 갔던 장소가 배경으로 등장하면 그렇게 반갑고, 나도 그 이야기의 등장인물이 된 것같이 느껴지곤 한다. 많은 곳을 밟아 보고 싶은 욕심이 날마다 커지는 이유이기도 하다.

그나저나 이게 시골 인심이라는 건지 음식량이 엄청나다. 먹어도 먹어도 줄지 않던 떡볶이가 배가 터지도록 먹고도 잔뜩 남았다. 이 큰 떡볶이 한 통이 2인분이라는 건 정말 말도 안 돼. 도토리를 묻어 두는 다람쥐의 마음으로 나중에 먹어야겠다며 반찬통에 고이 담았다.

"버리지, 이걸 뭘 싸둬."

"어허, 무엄하도다. 감히 떡볶이를 버리라니!"

남은 떡볶이는 다음에 데워 먹으면 또 얼마나 맛있게요.

우리가 먹는 이 빨간 떡볶이는 생각보다 역사가 짧다. 1953년 피난 시절 우연히 한 할머니가 만들어 노점상에서 팔기 시작하셨다고 한다. 항도호텔에서의 하룻밤을 과거 여행이라고 명명한다면 우리는 미래에서 온 음식을 먹고 있는 셈이다. 실상 1930년대의 군산에 떨어진다면 덜덜 떨며 호텔 안에만 숨어 있어야 할지도 모르겠다. 어쩔 수 없이 과거로 여행을 떠나야 한다면 떡볶이는 포장해 가야겠다.

호텔 항도: 전북 군산시 구영7길 69
만남스넥: 전북 군산시 대학로 67-3
이성당: 전북 군산시 중앙로 177

시간을 거슬러 가는 곳, 군산

'역사의 도시'라는 별칭에 걸맞게 주일 예배를 드리러 간 교회가 무려 90년의 역사를 가진 곳이다. 교회 가는 길에는 재미있게 봤던 영화 〈8월의 크리스마스〉의 세트장, 초원 사진관도 보인다. 유명 관광지답게 아침부터 얼마나 사람이 많은지 사람들 틈을 힘겹게 빠져나가며 재빠르게 셔터를 눌렀다.

도시 자체가 '근대 역사박물관'이라 불리는 군산은 관광지로 매력적인 도시이지만, 우리나라의 근대 역사라는 것이 일제강점기의 아픔을 포함하고 있으니 희희낙락 가볍게 둘러볼 수 있는 여행지는 아니다. 금강, 만경강과 서해를 끼고 있는 군산은 예로부터 남부 지방의 세곡을 수도로 실어 나르는 통로로서 중요한 위치를 차지하고 있었고, 자유무역을 시도하며 고종 황제의 칙령에 따라 개항하여 근대 항구의 모습을 갖추기 시작했다고 한다. 그러나 우리의 의도와 달리 일제 쌀 수탈의 통로가 되고 말았으니 비극적인 역사의 현장이다.

대구에도 '근대문화골목'이라는 이름의 관광코스가 개발되어 관광객들에게 큰 인기를 끌고 있다. 지도를 보며 청라언덕의 선교사 주택, 3·1만세 운동길, 계산성당 및 이상화 고택 등을 하나하나 찾아가는 재미가 있다. 하지만 군산과 대구 근대문화유산의 가장 큰 차이라면 일본인들이 거주했던 일본식 가옥을 군산에서는 쉽게 많이 찾아볼 수 있다는 점이다. 물론 대구를 비롯하여 우리나라 곳곳에 일본식 가옥이 군데군데 남아 있긴 하지만 군산 만큼 이렇게 한 지역에 많이 남아 있는 곳은 드물다. 그 시대 군산 내 일본인의 비율이 그만큼 높았음을 알수 있다.

우리나라에서 자자손손 살겠다고 일본에서 제일 좋은 자재를 실어와 지었다는 히로쓰 가옥과 일본인들이 모여 살았던 고우당, 곳곳에 보존되고 복원된 일본식 가옥을 구경하다 보면 일본의 거리를 걷고 있는 것 같은 착각에 빠진다. 일본의 항복 소식에 정성 들여 지은 집을 그대로 남겨둔 채 헐레벌떡 고국으로 도망갔을 생각을 하니 통쾌한 기분이 들기도 한다. 하지만 아픈 역사의 흔적 앞에서 이국적이라며 호들갑 떨며 인생 샷 남기기에만 집중한다면 애석한 일이 아닐 수 없다. 아픈 역사도 지울 수 없는 우리의 역사로 받아들이고 보존해야 하지만, 그 문화유산에 가치를 더하는 것은 우리의 역사의식이다.

군산의 알짜배기 땅에 남겨진 일본인 마을을 보고 조선인 마을은 어땠을지 궁금했는데, 경암동 철길마을에 가보니 혀를 내두를 수밖에 없었다. 철길 바로 옆에 마주한 이 집들이 사람들이 살던 집이라니. 2층에서 팔을 내밀면 지나가는 기차에 손이 닿을 듯한 거리다. 자기네 땅에서 밀려나고 밀려난 우리 조상들은 이렇게 시끄럽고 위험한 철길 옆에 보금자리를 꾸릴 수밖에 없었구나. 그 시절 어른들은 먹고살기 바빠서 아이들의 노는 모습을 한가하게 지켜보고 있을 수도 없었을 텐데, 불안하고 무서워서 어떻게 여기서 아이를 키웠을까. 아이들과 함께 좁은 철길을 걸으며 위태한 마을을 보고 있으니 그 시절 엄마들의 마음이 어땠을까 싶어 가슴이 저린다.

근대에 지어진 건축물은 호남관세박물관, 근대미술관, 근대건축관 등으로 사용되고 있어, 군산은 외관과 내용물이 모두 알차게 구성된 여행지이다. 우리는 군산의 많은 전시장 가운데 근대역사박물관을 둘러보았다. 해양도시로서 군산의 역사도 흥미로웠지만, 아이들이 가장 관심을 가진 곳은 근대생활관이다. 그 시절의 잡화점, 고무신 상점, 학교, 공장 등의 모습이 다양한 소품들과 함께 재현되어 있어 곳곳에서 상황극을 연출하기도 했다.

여유롭게 군산을 둘러보며 나는 곳곳에서 《아리랑》의 장면들을 떠올리고 재생시켰다. 우리가 애써 지은 김제 평야의 쌀을 피눈물을 머금고 배곯으며 이 항구에서 차곡차곡 실어 일본으로 보내야 했구나. 이 항구 옆 어딘가 정미소에서 일하던 수국이와 젊은 아낙들이 그렇게 온갖 수욕을 당했지. 3·1운동이 일어난 1919년, 이곳을 가득 메웠던 우리 조상들은 무차별하게 짓밟히면서도 이를 악 물고 두려움을 떨치며 목 놓아 만세를 불렀을 것이다. 그 들의 희생과 인내 덕분에 2019년, 우리는 이곳을 자유롭 게 여행 중이다.

윤슬

군산 철길마을에 갔다. 문방구와 교복 대여점이 대부분이 었다. 참, 달고나 체험도 많았고. 어묵 가게나 다른 가게도 많 으면 더 좋을 것 같았다. 기찻길이 엄청나게 길어서 끝이 안 보였다. 별 뽀빠이 과자를 살지 고민하다가 사지 않았는데 살 걸 그랬다.

군산 근대화거리: 전북 군산시 해망로 240

신흥동 일본식가옥: 전북 군산시 구영1길 17

고우당: 전북 군산시 구영6길 19

경암동 철길마을: 전북 군산시 경촌4길 14

군산 근대역사박물관: 전북 군산시 해망로 240

아동기와 사춘기 사이에서

나 홀로 아침 식사를 준비한다. 오늘의 집안일 보조 요원이 일어날 생각을 않는다. 분명 눈을 떴으나 침대에서 뒹굴며 시간을 보내고 있다. 가자미눈을 뜨고 침대를 살피며 아침을 준비하는 사이 내 마음은 뾰족해지고 말았다. 침대 위에서 여유를 즐기는 딸아이를 더 두고 보지 못하고 상 차리는 거라도 도우라고 한마디한다. 딸아이는 그제야 느릿느릿 몸을 일으켰다. 딸아이가 나무늘보의 속도로 몸을 움직여 거울 앞에 멈추어 서는 걸 보고 있자니 뾰족해져 있던 내 마음이 날을 세운다.

또다시 내뱉은 나의 잔소리와는 전혀 다른 세계에서 딸아이는 천천히 몸을 움직여 내가 가져다 둔 행주로 식탁을 닦는다. 엄마의 기대와는 상관없이 제 할 일을 다

했다는 듯 행주를 식탁 위에 그대로 둔 채 딴청을 피운다. 엄마의 날카로운 지시와 딸의 느긋하고 여유로운 행동이 한 번 더 반복되는 사이 나는 더이상 참지 못하고 잔소리 속사포를 늘어놓고 말았다. 그렇게 잔소리를 해대는 동안에도 고집스레 한결같은 아이의 동작을 지켜보고 있으니 결국엔 화가 치밀어 오른다.

"너 시키려다가 나만 더 바쁘고 화가 나. 너 이렇게 할 거면 하지 마."

소리를 지르고 말았다. 사춘기 아이를 시켜 먹으려는 내가 잘못인 건가.

"엄마, 나 사춘기인 것 같아."

지난 가을의 어느 날, 딸아이는 자기 입으로 자신을 사춘기라 진단했다. 아무런 이유 없이 기분이 안 좋아서 우는 일이 종종 있었다. 예민해지고 감정 기복이 심해졌다. 아이의 유년기와 작별한다는 아쉬움과 함께 인생에서 겨우 10년밖에 되지 않는 유년기를 온전히 지켜주어 다행이라는 안도감이 들었다. 하지만 아직 나는 아이의 사춘기를 맞을 준비는 되지 않은 것 같다. 내 손으로 키운 아이가 낯설게 느껴질 때마다 당황스럽다.

아침부터 안 좋은 소리를 늘어놓고 나니 나도 영 기분이 좋지 않다. 집안 공기가 무겁다. 남자 둘은 예민한 여자 둘 사이에서 눈치껏 행동하느라 살얼음판을 걷는다. 각자 할 일을 하며 고요한 시간을 보내고 있으나 마음만은 평안하지 않다. 남편이 나설 준비하자고 운을 뗀다. 놀러 나갈 기분은 아니지만 하루 종일 집에 있으면 사사건건 부딪힐 것 같아 일단 집을 나서기로 했다. 다 같이 기분 전환을 하는 게 나을 것 같았다.

'기분 전환하려면 맛있는 거 먹어야지.'

회 정식집을 찾았다. 회 못 먹는 아들을 위해 특별히 밑반찬이 많이 나오는 집을 고르고 골라 찾아갔는데, 단체 예약 손님 때문에 다른 손님은 받지 않는단다. 하는 수 없이 다른 식당에 들어가 회 정식을 주문했다. 갖가지 다양한 반찬이 나왔지만, 아들이 먹을 수 있는 것이라곤 고등어와 밥뿐이다. 입 짧은 아들은 해산물에 유난히 약하다. 큰맘 먹고 온 회 정식집에 상다리가 부러지게 상은 차려졌는데, 오늘은 왠지 내 입에도 음식이 잘 맞지 않는다. 회는 질기고 굴구이는 비리다. 깨작깨작 먹다 보니 본전 생각이 난다. 나도 해산물을 안 좋아하는 건지, 기분이 안 풀려서 그런 건지, 관광지의 음식이 겉만 번

지르르한 건지 모를 일이다. 어찌 되었건 가지 수가 워낙 많으니 배는 부르다. 음식은 만족스럽지 않았지만, 식당 안에 있는 포켓볼을 함께 치며 마음은 한결 풀어졌으니 그만하면 되었다.

모래사장과 갯벌이 넓게 펼쳐지는 선유도 해수욕장에 도착했다. 서해에서는 드물게 고운 모래사장이 넓게 펼쳐져 유명한 곳이라는데, 어릴 적부터 동해에 익숙한 우리는 갯벌에 매력을 느낀다. 딸은 습관적으로 모래 한 병을 채우고 갯벌에 발을 내디딘다. 물이 질퍽하게 느껴지는 갯벌에 조심스레 두 발을 올려놓으니 입가에 웃음이 걸린다. 게가 지나다니느라 구멍이 송송 난 갯벌 위를 살금살금 걸으며 어느 구멍에서 게가 머리를 쏘옥 내미는지 유심히 살핀다. 모래를 담기 위해 가지고 온 일회용 숟가락은 훌륭한 놀이 도구가 되었다. 숟가락으로 땅을 파기 시작하니 금세 바닷물이 솟아올라 샘이 만들어진다. 짜증 가득한 채 말 안 들던 사춘기 소녀는 어느새 아동기 버전으로 돌아와 갯벌에 그림을 그리고 땅을 파며 동생과 마주 보고 깔깔댄다. 아침에 봤던 모습과는 전혀 다른 얼굴을 하고서 말이다.

아슬아슬했던 군산에서의 마지막 날을 무사히 보낸 후 남편을 터미널에 내려주고 숙소로 돌아왔다. 숙소에 들어와 이번 주에 갈 숙소를 찾아보고 보령에서 1박, 부여에서 2박 숙소를 예약했다. 그 사이 딸아이는 빨아둔 옷에 얼룩이 빠지지 않았다고 속상해하며 울음을 터뜨렸다. 물론 울음이 터지게 된 데는 쓸데없는 엄마의 말 한마디가 한몫을 톡톡히 하고 말았다. 위로해 주지 못할 때는 차라리 아무 말도 하지 않는 게 나은데, 나 역시 온종일 기분이 좋지 않았던 터라 그 한마디를 참지 못했다. 딸의 울음에 나는 다시 짜증이 치밀었다.

문제의 티셔츠를 낚아채 주방세제를 묻히고 옷에 화풀이라도 하듯 박박 문질러 다시 세탁기를 돌렸다. 엄마가 엉뚱한 곳에 화풀이하는 사이 딸은 다시 아동기의 천진난만한 모습으로 동생과 즐겁게 놀고 있다. 그 모습을 지켜보며 실소가 터져 나온다. 저렇게 금방 기분 풀 수 있으면 좋은 거지, 뭐. 아이들은 성실하게 성장하고 있을 뿐이다.

엄마로서의 나 또한 성실하게 성장해야 할 시간이 다가왔다. 문득 첫아이를 낳고 조리원에서 혼자 울던 날 아침이 떠오른다. 겨울의 스산한 도시 풍경조차 작은 창 크기만큼만 허용되었던 방에 홀로 남겨졌다. 예상 못 한 홋배앓이로 배를 부여잡고 있던 아침, 차례대로 울린 가족들의 전화와 흥분 가득한 목소리. 하나같이 새 생명의 탄생에 흥분해서 아가의 안부를 신나게 묻고 답한 후 전화를 끊고 나자 괜한 서러움이 밀려들었다. 갑자기 내가 사라져 버린 것 같은 상실감에 철없는 엄마는 아이처럼 엉엉 울고 말았다. 처음부터 엄마의 자격이 있어 엄마가 된 것이 아니다. 아이들과 함께 자라다 보니 엄마가 되었다. 사춘기 아이의 엄마도 자격이 있어서 하게 되는 것은 아닌가 보다. 아이들과 함께 자라다 보면 나도 성숙한 엄마가 되겠지.

속상한 마음 풀 겸 그리던 그림을 마무리해야겠다.
"오늘은 너희 먼저 자. 내일은 우리 좀 더 사이좋게 지내자."
작은 스탠드를 하나 켜 불을 밝히고 밤늦도록 그림을 그렸다. 이런 날도 있는 거지. 괜찮다. 내일은 내일의 태양이 뜬다.

선유도: 전북 군산시 옥도면 선유남길 34-22

바람 불어도 괜찮아요

어제 무슨 일이 있었냐는 듯 모두 기분 좋은 아침을 맞았다. 새로운 여행을 시작할 준비가 된 듯 말이다. 다행이고 감사하다. 티격태격하더라도, 유별나게 화해하지 않더라도 또 사이좋고 애틋하고 이래서 가족인가 보다. 가족관계라는 게 참 오묘하다. 남들에게처럼 예의를 갖추거나 가면을 쓰지 않기에 서로에게 더 쉽게 화를 내기도 하고 민낯을 드러내기 일쑤인데, 또 그게 서로에게 큰흠이 되지 않는다. 엄마라고 후하게 봐줘서 고맙다.

비빔밥과 칼국수, 만두를 구수한 브런치로 먹고 서천 국립생태원으로 간다. 너무 넓어서 보고 싶은 곳만 몇 군데 골라 가볼 생각이었는데, 갑자기 스탬프 투어용 지도를 본 아이들이 의욕에 불타오른다.

"엄마, 이거 다 찍고 가도 되지?"

심지어 꼬마 기차 타고 들어가자고 해도 스탬프 찍어야 한다며 걸어가겠다고 우긴다(기차를 타면 스탬프 찍는 곳을 하나 놓치게 된다).

차근차근 도장 깨기를 하며 3코스까지 돌아보고 밖으로 나왔는데, 이런, 비가 온다. 우산을 가지러 나갈까 고민했지만, 주차장보다는 5코스 에코리움이 더 가깝길래 가까운 실내 건물로 들어가기로 했다. 걸어가는 사이 빗방울은 점점 굵어지는데 사춘기 버전의 딸아이는 뛰지 않는다.

"엄마 괜찮아?"

엄마가 걱정되는 유년기의 아들은 엄마의 계속되는 손짓에 마지못해 건물 입구까지 먼저 뛰어간다. 오늘은 잔소리하지 않고 그냥 기다려 주겠다고 다짐했다. 오늘은 나도 괜찮다. 굵어지는 비를 함께 맞으며 걸었다. 어제의 감정싸움 덕분에 나도 한 뼘 자랐나 보다. 우리가 함께하는 모든 경험이 서로를 자라게 한다.

에코리움에 들어서자 도서관을 발견한 아이들이 반가움을 표한다. 목포 도서관에 다녀온 후 아이들이 다음에도 도서관에 가고 싶다고 했는데, 딱 적절한 때에 우리 앞에 도서관이 나타났다. 아이들이 신나게 달려가 보고 싶은 만화책을 골라내 편하게 자리를 잡는다. 나 이렇게 멍하게 기다리는 거 잘 못하는데 말이지. 이럴 때 그림 도구나 읽을 책이 내 가방에 있었으면 좋았을 텐데, 이런 시간이 생길지 예측하지 못했다. 사람이 아무것도 안 하고 쉴 줄도 알아야 할 텐데, 난 지루한 걸 잘 참지 못한다. 이렇게 갑자기 시간이 비면 그렇게 시간이 아깝고 그렇게 심심하다. 하지만 빨리 나가자고 보채지 않기로 마음먹었다. 아이들이 이제 됐다고 할 때까지 그냥 앉아서 쉬어보기로 한다. 넓은 생태원을 구경하려면 중간즈음 도서관에서 다리를 쉬어 주는 것도 좋은 방법이다. 이 책 저 책 관심 없이 들추어 보고 빈둥대며 휴식을 연습했다. 내가 생각해도 오늘은 꽤 멋진 엄마다.

열대관, 온대관, 사막관, 지중해관, 극지관으로 문을 하나 넘어서면 바로 전혀 다른 기후가 느껴져 외투를 벗었다가 다시 입곤 해야 한다. 피부로 느껴지는 기후에서 살수 있는 다양한 식물들 사이를 걷다 보면 세계 여행이라도 하는 기분이다. 그곳에 사는 다양한 동물을 보는 것도 아이들에게는 즐거운 일이다. 단연코 가장 인기 있는 동물은 펭귄과 수달이다. 기후변화에 대한 기획전이 진행 중이라 아이들과 함께 둘러 보고 북극곰에게 편지도 함께 써서 걸었다. 아이들과 함께 다니는 덕분에 어른들은 하지 않을 일도 해 보게 된다.

에코리움을 다 둘러보고 나오니 비는 그쳤는데 이번엔 바람이 너무나 세차다.

"우리 많이 봤는데, 이제 그만 가도 되지 않을까?"

두 아이가 단호히 고개를 내젓는다. 스탬프 6개를 찍으면 기념품을 받을 수 있다며 2개만 더 찍고 가자고 한다. 어쩔 수 없이 세찬 바람을 맞으며 가까운 곳에서 스탬프 두 개를 더 찍었지만, 사람은 욕심이 끝이 없는 법이다. 아들은 여전히 그만 두기 아쉽다고 10개를 모두 채우고 싶다며 불쌍한 고양이 눈으로 엄마를 바라본다. 바람이 너무 불어서 감기에 걸리지 않을까 걱정스러웠지만, 아들이 이렇게 간절할 때는 기회를 주고 싶다. 기어이 스탬프 10개를 다 찍고 나오면서 얼굴엔 흡족한 미소를 그리고 "뿌듯해"를 몇 번이나 되뇐다. 따라다녀 주길 잘했다. 어릴 적 잠자리에서 엄마를 안고 혀짧은 소리로 "해보케(행복해)"를 되뇌던 아들 옆에서 함께 행복해하던 엄마는 오늘 이곳에서 아들의 뿌듯함에 전염된다.

하지만 입구까지 걸어 나올 때는 정말이지 지칠 대로 지쳤다. 진심 춥고 배고프다. 생태원 내 편의점은 이미 문을 닫아 무엇 하나 사 먹을 곳이 없다. 무거운 다리를 질질 끌며 힘들게 주차장까지 나왔지만 역시 아무것도 찾을 수 없다. 시골길을 달리는 동안에도 편의점 하나 보이지 않는다. 우리가 이용할 고속도로 구간이 워낙 짧아 휴게소가 있을까 싶었는데, 바로 그때 눈앞에 휴게소가 나타났다. 어찌나 반가운지! 휴게소 대표 간식 소떡소떡과 핫바를 하나씩 집어 들고 모두 세상 행복하다. 동생이 원하는 대로 따라다니느라 완전히 방전되었지만 불평하지 않고 참아준 기특한 누나도 행복한 얼굴로 간식을 먹는다. 배고플 땐 따뜻한 먹거리 하나에도 충분히 행복하다. 서로의 행복한 얼굴을 보는 것이 또다시 서로에게 행복의 이유가 된다. 이런 게 가족이다.

윤슬

　도장을 모으는 종이가 있어서 도장을 찍으며 구경했다. 열대관은 멋지긴 한데 너무 더워서 제대로 구경을 못 한 게 아쉬웠다. 펭귄, 사막여우, 물고기 등 여러 가지 종류의 동물도 보고, 어린 왕자 특별 전시도 보고, 안에 있는 도서관도 갔다. 스탬프를 모아서 수첩과 4D 관람권을 받았는데, 4D가 마감되어 아쉬웠다. 재미있는 체험이 많아서 좋았다.

　　　국립생태원: 충남 서천군 마서면 금강로 1210

설마 우리 사기당한 거야?

숙소가 있는 보령까지 가는 길, 급격하게 밖이 어두워진다. 겨울날 시골에는 더 빨리 더 짙게 어둠이 찾아온다. 가는 길에 마트에 들러 아이들이 먹고 싶다는 간식도 충분히 사고 아들의 잃어버린 마스크도 새로 샀다. 산 물건을 트렁크에 정리하는 동안 엄마가 추울까 걱정하는 아이들의 따뜻한 목소리가 엄마의 마음을 녹인다.

"엄마는 괜찮아."

엄마는 씩씩하게 짐을 뚝딱뚝딱 정리하고는 다시 운전대를 잡았다. 춥고 피곤해도 아이들이 있어 엄마는 씩씩하다.

트렁크도 마음도 풍족하게 채운 후 여유롭게 펜션 앞에 도착했는데 무언가 분위기가 심상찮다. 펜션은 불이

꺼진 듯 어두컴컴하고, 건물 앞에 내걸린 '펜션 임대'라는 빨간 글씨가 눈에 띄는 현수막은 세찬 바람에 찢어질 듯 비명을 지르며 마구 펄럭인다. 헉! 설마 우리 사기당한 건가. 어쩐지 싸더라. 순간 눈앞이 캄캄해진다. 이 캄캄한 밤에 갑자기 숙소가 없으면 아이들을 데리고 어디로 가야 하나. 놀란 마음을 진정시키고 상황을 파악하기 위해 나 혼자 먼저 차에서 내렸다.

"엄마 금방 가보고 올게, 잠시만 기다려."

아이들이 타고 있는 차 문은 잘 잠가 두고 칠흑 같은 어둠 속에 무거운 펜션 문을 조심스럽게 밀었다. 다행히 문이 열리고 작은 불빛이 어슴푸레 새어 나온다. 비록 프런트에는 아무도 없지만, 전화번호를 적어 둔 쪽지가 얌전히 놓여 있다. 여전히 조마조마한 마음으로 전화번호를 조심조심 누른다. 신호 가기가 무섭게 정적을 깨며 활기찬 목소리가 흘러나온다. 나의 모든 걱정을 한 방에 날려버리며 상냥한 아주머니께서 전화를 받으신다. 휴, 다행이다. 괜히 걱정했네. 프런트로 지금 내려오시겠다는 아주머니 얘기를 듣고 아이들을 데리러 나갔다.

"들어가자."

"아…, 다행이다."

엄마의 쾌활한 목소리에 아이들도 한숨을 내쉰다. 아이들 앞에선 걱정을 내비치지 않으려 했지만, 엄마의 감정을 그대로 읽어버린 아이들도 간을 졸이고 있었나 보다. 밖은 깜깜하니 아무것도 보이지 않고 펜션 안으로 들어간 엄마는 빨리 나오지 않으니 걱정이 되기도 했겠다. 함께 가슴을 쓸어내렸다.

허름한 여관을 대단한 성으로 여기는 돈키호테처럼 의기양양하게 펜션 안으로 입성한다. 어두컴컴하고 허술해 보이지만 복층이라 공간은 넓고 방도 따뜻하다. 저렴한 숙소라 낡기도 했고 아쉬운 점이 많지만, 그 또한 우리에게 자연스러워지고 있다. 이 정도 불편함은 대수롭지 않게 여기며 적응하고 사소한 것에 감사하는 법을 배우고 있다. 오늘 밤은 숙소에 들어올 수 있었다는 사실만으로도 감사하다. 더 나쁜 상황에 대한 상상이 마음을 가난하게 하고 감사의 마음이 들어갈 공간을 만든다.

내게는 '긍정적인 사람'이라는 자부심이 있다. 워낙 실수를 많이 하다 보니 그 실수에 대해 해명하려던 게 시작이었다. 고3 수능이 끝났고 대구에 처음 지하철이 개

통된 터라, 교회 전도사님께서 고3 아이들에게 지하철 타고 시내에 놀러 가자고 제안하셨다. 처음 탄 지하철에서 나는 겨우 20분 사이에 토큰을 잃어버리고 토큰을 다시 사야 하는 바보 같은 짓을 했다. 개찰구를 통과하고서 걸어가는 길 토큰은 어처구니없이 내 주머니에서 발견되었고, 나를 타박하는 동생에게 구차한 변명이라도 해야 했다.

"이거 지하철 처음 탄 토큰인데, 기념품 되고 좋잖아."

그 모습을 보고 계시던 전도사님께서 갑자기 나를 칭찬하셨다.

"윤미야, 너 진짜 긍정적이다."

이렇게 엉뚱한 사건이 나를 긍정적인 사람으로 규정했다.

여러 가지가 불편한 주방에서 저녁을 준비하지만 나는 긍정적인 사람이니까 문제없다. 도마는 없고, 칼도 잘 들지 않고, 프라이팬은 낡아서 호박전이 마구 들러붙는다. 하지만 전기밥솥이 있는 게 어디냐며 불평 없이 저녁상을 차려냈다. 따끈따끈한 순두부찌개와 김이 모락모락 나는 밥이 온종일 꽁꽁 얼어붙은 우리 몸을 녹인다.

하루를 신나게 잘 놀았던 아이들은 여전히 기분이 좋다. 다음날 일정을 함께 의논하며 또다시 기대에 부푼다. 여전히 쌩쌩한 아이들이 신나게 이불을 펴고 잠잘 준비를 한다. 고단했던 몸을 누이니 온몸에 달콤한 휴식이 찾아온다.

"나는 엄마가 좋아요."

아들이 사랑스럽게 엄마를 안아 준다. 스탬프 10개를 찍을 때까지 기다려 준 것이 그렇게 좋았나 보다. 작은 것에도 고마움을 표현해주는 아들의 포옹이 엄마에게는 가장 큰 보상이 된다. 달콤하고 뿌듯한 밤이다.

엄마 눈엔 너희만 보여

이른 아침부터 옆 건물에서 들려오는 시끄러운 공사 소리로 짜증이 밀려오던 참이었다.

"아~ 잘 잤다. 기분이 좋아. 그런데 나는 매일 잘 자는데?"

아들의 들뜬 목소리에 이따위 소음에 대한 불평은 잽싸게 자취를 감춘다. 새로운 것에 도전한다는 설렘으로 새 아침을 맞았다. 여행 위시리스트에 꼭꼭 눌러 적었던 집라인은 이번 여행 중 완도, 선유도에서도 만났지만, 가는 곳마다 기회가 잘 닿지 않았더랬다. 그런데 드디어 오늘 숙소 앞 대천해수욕장에서 그 기회를 만나게 된 거다.

"날씨 엄청 추운데 우리 이거 탄다고 하면 아빠가 걱정하시겠는데?"

"그럼, 타고나서 이야기하자."

이럴 땐 엄마도 아이들과 한마음이다. 새로운 도전에 추위 따위는 장애물이 되지 않는다.

여유로운 오전을 보내고 체크아웃 시간에 맞춰 숙소를 나왔다. 짐을 차에 싣고 대천해수욕장으로 향한다. 날씨는 생각보다 춥지 않았고 미세먼지도 걷혔는지 오랜만에 하늘도 새파랗다.

"괜찮겠어?"

"응, 탈 수 있어."

높은 전망대 앞에서 엄마의 물음에 아들이 잠시 망설이더니 씩씩하게 대답한다. 무서운 놀이기구를 좋아하는 딸에겐 전혀 문제 되지 않는다. 딸아이가 오히려 엄마를 걱정한다.

"엄마, 괜찮겠어?"

"응, 괜찮아. 타자."

장비를 갖추고 높은 전망대 위에 섰는데 경치가 너무 좋아 무섭다는 생각 따위는 들지 않는다. 그래도 조금은 걱정이 되어 한 번 더 장비를 점검해달라고 부탁하긴 했지.

드디어 출발이다. 아이들은 가벼워서 한 곳에 같이 매

달리고 나는 그 옆에 나란히 날아간다. 파아란 하늘을 배경으로 두 아이가 사이좋게 한 줄에 대롱대롱 매달려 환하게 웃으며 나를 향해 신나게 손을 흔든다. 나도 열심히 손을 흔들며 그 모습을 내 두 눈에, 내 마음에 꼭꼭 담는다. 이런 모습에 엄마는 또 사랑에 빠진다. 멋진 풍경은 뒤로 젖혀두고 귀엽고 예쁜 내 새끼들만 쳐다보다 도착점에 닿았다. 행복한 아이들의 함박웃음이 내 시선을 모조리 빼앗아 어떤 멋진 풍경도 눈에 들어오지 않는다.

"진~~ 짜 재밌었어."

"하나도 안 무서운데?"

"TV에 나오는 건 다 오버였네."

도착점에 내리며 방방 뜬 목소리로 처음 탄 집라인에 대한 소감을 늘어놓는다. 카트를 타고 출발지로 오는 내 내 입가에 미소가 떠나지 않는다. 그제야 헬맷 쓴 우리 모습을 찍어 남편에게 띄운다. 우리 이 정도!

"다음엔 스카이바이크도 타보자."

"그래? 오늘 타지, 뭐."

기대치 않은 엄마의 통 큰 승낙에 두 아이가 활짝 웃

으며 박수 친다. 이 정도 경치라면 스카이바이크까지 다 탈 만하다. 그렇게 신나게 매표소로 달려갔는데, 생각지 않게 거절당하고 만다.

"어린이 2명이면 어른이 최소 2명은 되어야 탈 수 있어요."

엄마가 허락한다고 탈 수 있는 게 아니었어.

여름엔 머드축제로 발 디딜 틈 없을 대천해수욕장이 겨울에는 한없이 조용하다. 우리 외에는 아무도 보이지 않는다. 덕분에 해변으로 밀려오는 파도 소리가 또렷하게 들린다. 자연이 들려주는 음악과 자연이 선사하는 풍경 속에서 한가한 시간을 보낸다. 딸은 바닷가에 오면 늘 예쁜 모양의 조개를 찾는다. 그렇게 모아서 무얼 하려나 모르겠지만 특별한 임무라도 부여받은 것처럼 늘 그렇게 열심이다. 아들은 오늘도 물수제비 실력을 연마한다. 아들이 물수제비 뜨는 것 봐 주랴, 딸이 자랑하는 조개 봐 주랴 엄마는 바쁘다. 아들은 엄마가 안 볼 때만 잘 되었다며 한눈팔지 말고 계속 자기를 보라고 한다. 스카이바이크뿐 아니라 고요한 해변에서도 어린이가 2명이면 어른도 2명은 되어야 하는군.

실컷 놀다 보니 점심시간이 훌쩍 지났다.

"뭐 먹고 싶어?"

보름째 매일 한 끼씩 사 먹었더니 이제 사 먹을 것도 없다. 외식 좋아하는 딸도 사 먹는 음식에 질린다고 하다니. 여행은 요리 못하는 엄마의 집밥도 그리워하게 하는 부수적인 효과를 내고 있다. 우리 아이들이 컸을 때 그리워할 엄마 음식이 없으면 어쩌나 하는 걱정을 종종 하는데, 엄마의 요리 실력과 상관없이 집밥은 그리워지나 보다. 맛집이라고 찾아간 식당의 부대찌개는 특별히 기억에 남지 않을 흔한 맛이다. 흔한 요리 실력을 갖춘 엄마의 음식을 특별하게 생각해 주는 가족이 있다는 건 행복한 일이다. 누군가가 그리워할 집밥을 오늘도 할 수 있으니 감사하다. 오늘 저녁엔 또 뭘 해 먹일까?

윤슬

처음으로 집라인을 탔다. 정말 빠를 줄 알았는데 생각보
다는 덜 빨랐다. 바다 위로 지나가는데 경치가 너무 좋았다.
스카이바이크도 타려고 했는데 어른이 2명 있어야 탈 수 있
다고 해서 못 탄 것이 아쉬웠다. 그래도 예쁜 조개와 돌이 정
말 많았고, 집라인도 너무 재미있었다.

대천해수욕장: 충남 보령시 신흑동

휘뚜루마뚜루 갈팡질팡

커다란 창밖으로 목가적이고 평화로운 호수가 펼쳐지는 빨간 벽돌집에 자리를 잡았다. 주인아주머니께서 준비해두신 뽀오얀 침구는 또 얼마나 폭신한지. 이틀을 머물 숙소가 마음에 들어 다행이다. 인덕션이 하나뿐이라 요리하기에 불편하긴 하지만, 우린 바쁜 일 없는 장기 여행객이니 천천히 해서 푸짐하게 차려 먹는다.

다음 날 아침도 여유롭게 차려 먹고 오전 내내 침대에서 쉬며 뒹굴었다. 아이들도 오전 내내 깔깔거리고 투덕거리기를 반복하며 즐겁게 시간을 보낸다. 그렇게 숙소에서 점심까지 챙겨 먹고 오후가 되어서야 느지막이 집을 나섰다.

백제문화단지로 가는 길, 하늘이 갑자기 시꺼멓게 물들더니 눈비가 내리기 시작한다. 이 날씨에 야외 다니기는 힘들겠다 싶어 부여박물관 쪽으로 방향을 틀었는데 이내 하늘이 맑게 갠다. 날씨 좋을 때 실내에 있기는 아깝다며 또다시 낙화암으로 방향을 돌렸다. 변덕스러운 날씨와 변덕스러운 여행자의 티키타카로 계획에 없던 낙화암에 가게 되었다. 처음 와 보는 곳이라 가고 싶은 곳은 많으니 사정에 따라 아무렇게나 방향을 바꾸어 버린다. 상황이 그렇다 보니 삼천궁녀 이야기 외엔 아무런 정보 없이 무작정 낙화암에 오게 되었는데 잠시 들러 볼 수 있는 만만한 곳이 아니었다.

매표소에서 표를 끊으면서 부소산성에 들어가서 30분 정도를 걸어 올라가야 한다는 설명을 듣게 되었다. 경사가 완만해서 걷기에는 괜찮았지만 오르막에 취약한 딸이 갑자기 웬 등산이냐며 입이 삐죽 나왔다. 미리 장소에 대해 충분히 숙지하고 갔더라면 좋았을 텐데, 어떤 곳인지 전혀 몰랐으니 마음의 준비가 되지 않았던 것이 화근이다. 발걸음이 축축 늘어지는 딸을 데리고 낙화암을 오르는 일은 훤히 내다보이는 고생길이다.

물론 나도 그 심정 충분히 이해한다. 이 녀석이 누굴 닮았겠는가. 어릴 적 주말 아침이면 앞산(공식적인 산 이름이 실제로 '앞산'이다)에 가자는 아빠의 성화에 못 이겨 억지로 따라나서긴 했지만 가는 내내 엄청나게 투덜거렸더랬다. 나 역시 날 닮은 딸을 질질 끌며 산을 오르게 될 줄 그때는 상상도 못 했지.

"누나, 빨리 좀 와."

"나는 더 못 가겠어. 갔다가 와."

등산을 좋아하는 아들은 날다람쥐처럼 신나게 앞서가며 속 터진다는 듯 수백 번 누나를 부르고, 이미 지친 딸은 느릿느릿 움직이다 곳곳에 걸터앉아 수백 번 힘없이 손을 휘젓는다. 나는 그사이 어디쯤 보조를 맞추며 늘 똑같이 반복되는 두 아이의 모습을 낄낄대며 구경한다.

지친 아이에게 조그만 흥밋거리라도 될까 싶어 매점에서 뻥튀기 하나를 사려는데 현금이 없다. 내가 당황하니 할머니께서 나중에 계좌이체 해도 된다며 계좌번호를 보여 주신다(이야기를 쓰다 보니 불과 몇 년 전이 옛날이야기처럼 느껴진다. 요즘엔 씨크릿 카드 따위 들고 다니지 않아도 간단하게 계좌이체가 해결되는데 말이다). 그렇게 천 원짜리 뻥튀기 하나를 외상으로 샀다.

역시 먹을 게 있으니 분위기가 달라진다. 뻥튀기를 잘라 먹고 갉아 먹으며 의자왕에 관한 이야기를 나누다 보니 어느덧 낙화암에 도착했다. 실제로 올라가 보니 3천 명의 궁녀가 도저히 설 자리도 없는 좁은 공간이라 백제 의자왕에 대한 신라의 평가가 객관적이지 않았다는 의견을 바로 수긍하게 된다. 발로 밟으며 알게 된 사실들은 보잘것없는 것까지 소중하다.

금강이 내려다보이는 탁 트인 풍경을 마주하니 가슴이 뻥 뚫린다. 이런 경치를 보기 위해 우리는 수고를 감내한다. 내려오는 길은 훨씬 수월하다는 게 또 하나의 낙이 된다. 뻥튀기로 콧수염도 만들고 하트 모양도 만들며 한결 가벼운 발걸음으로 비탈길을 단숨에 내려왔다. 아이들은 넓은 들판이 펼쳐지면 무조건 신이 난다. 들판에서 민들레 씨를 불며 강아지처럼 천방지축 뛰어다닌다. 힘들다고 징징대던 아이는 어디로 갔는지 모를 일이다. 그 모습을 엄마는 또 흐뭇하게 바라본다.

"박물관도 내가 싫어하는 곳인데…"

부여박물관에 들어가며 오리 주둥이를 장착했던 딸이 막상 들어가서는 발걸음이 가볍다. 책에서 본 걸 직접 보니 신기하다며 문화유산 답사기 만화에서 읽었던 내용을 열심히 엄마에게 들려준다. 문화, 예술이 발달했던 백제답게 박물관도 마치 미술관인 것처럼 아름다운 작품들로 가득하다.

각자의 취향을 모두 따를 수 없으니 어쩔 수 없이 가기 싫은 곳을 따라 다니기도 한다. 예상치 못한 상황이 생기면 계획에 없던 곳을 가게 되기도 하고 말이다. 그렇게 갈팡질팡하며 흘러가는 대로 만들어가는 여행길에서 의외로 재미있는 장면을 만나기도 하고, 의외로 마음에 드는 것들을 찾게 되기도 한다. 그렇게 시야가 넓어지고 더 많은 것에 애정을 갖게 된다. 여행은 인생을 풍요롭게 할 다양한 관심사와 취미를 수집하는 여정이 아닌가 싶다.

부여 초동펜션: 충남 부여군 규암면 호반로 164번길 12
낙화암: 충남 부여군 부여읍 쌍북리
부여박물관: 충남 부여군 부여읍 금성로 5

엄마는 노을을 좋아해

휘뚜루마뚜루 아무렇게나 움직이던 하루의 일정에도 놓치지 말아야 할 중요한 계획은 있었으니 그것은 '궁남지에서 일몰 보기'다. 엄마가 가는 곳마다 '노을, 노을' 노래를 불러대니 가족들은 지칠 만도 하지만, 노을 홀릭 엄마를 막을 순 없다. 아무리 많이 보아도 매번 다른 풍경을 만들어 세상을 압도하니 입을 틀어막고 감격하지 않을 재간이 없다. 일출도 눈부시게 아름답지만, 일몰에는 일출과는 또 다른 포근함이 있다. '오늘 하루도 수고했어' 하는 하늘의 토닥임. 그 따스하고 다정한 토닥임을 나는 무척이나 사랑한다. 특히 여행 중 만나는 아름다운 장소는 일몰의 아름다움을 증폭시켜 버리니 여행 중 일몰은 놓칠 수 없는 최고의 퍼포먼스다.

일몰 구경에 열심인 덕분에 다양한 추억들이 쌓이기도 한다. 첫 아이 두 돌 기념으로 함께 간 첫 해외여행, 코타키나발루에서 함께 노을을 바라보던 장면도 잊을 수 없이 소중한 추억이다. 샌프란시스코에서 우연히 들른 소품 가게에서 만난 한국인 주인이 소개해 주었던 인생 일몰 장소, 바다와 호수에 비치던 노을빛도 잊지 못한다. 팝콘을 터트린 듯한 매화꽃이 핀 풍경 너머로 갯벌에 드리워지던 순천 와온해변의 일몰도 손꼽히는 명장면이다. 좋아하는 것에 좋아하는 장면이 켜켜이 쌓이면서 나의 노을 홀릭 증세는 더욱 깊어만 간다.

제주 한 달 살이를 할 때, 하루 일정으로 피곤한 아이들을 숙소에 내려주고 일몰을 보기 위해 홀로 바닷가로 나간 적이 있다. 해가 떨어질까 걸음을 재촉하며 알록달록한 지붕이 매력적인 제주의 골목길을 걸었다. 그 골목길에서 형제로 보이는 두 아이와 마주쳤다. 처음 만난 두 소년이 내게 깍듯하게 인사를 했다. 사랑스러운 두 아이와 명랑한 인사를 나누고 해변에서 일몰을 감상한 후 할 일을 모두 끝냈다는 듯 발걸음을 돌렸을 때, 일몰보다 더 아름다운 풍경을 만났다. 언덕 위에 나란히 앉아 넋 놓고 일몰을 바라보는 형제의 모습. 바닷가 마을에 살면서

하루 일과처럼 매일 같이 그곳에 나와 일몰을 감상하는
아이들의 모습을 생각하니 가슴이 뭉클하다. 그 이후로
일몰을 볼 때마다 제주의 그 형제는 지금도 아름답게 잘
자라고 있을까 생각하면 입가에 미소가 떠오른다.

　부여 궁남지는 우리가 잘 아는 서동 설화의 주인공, 백
제의 무왕이 만들었다는 궁의 정원으로 추정되는 곳이
다. 궁의 남쪽에 못을 파고 주위에 버드나무를 심었다고
하는데, 우리나라 최초의 인공정원인 셈이다. 세월이 흐
르는 사이 흔적도 없이 사라져버린 궁남지를 현대에 이
르러 복원하여 우리는 먼 옛날 백제의 모습을 상상하며
왕의 정원에서 산책을 즐긴다. 이곳에서 일몰을 보겠다
는 것이 오늘의 야심 찬 계획이다. 궁남지에 도착했는데
날씨가 너무 추워서 해가 떨어질 때까지 몸을 녹일 장소
가 필요했다. 궁남지 바로 옆에 있는 조용한 카페에 자리
를 잡고 음료와 파이를 주문했다. 음식이 나오고 이제 막
먹기 시작했는데 갑자기 해가 곧 떨어질 것만 같다. 음식
을 그대로 내버려 둔 채 황급히 목도리, 모자, 장갑, 마스
크로 무장하고 궁남지로 연결되는 카페 뒷문을 통해 공
원으로 들어갔다.

여름을 풍성하고 화려하게 수놓았을 연밭이 사방으로 펼쳐진다. 앙상한 겨울나무와 말라버린 연잎이 가득한 습지도 따스한 노을빛 아래에서는 더없이 화려하다. 바싹 마른 연잎과 연 줄기가 습지 위에 그림을 그리고 노을은 얼어붙은 습지를 노란색으로 물들인다. 기울어가는 해와 겨울 풍경이 오묘하게 어우러진다.

"저기가 일몰이 예쁜가 봐."

"엄마, 해 떨어지려고 해. 뛰자."

저 멀리 연못에 걸쳐진 다리 위에 사람들이 바글바글 모여 있는 모습을 발견했다. 사춘기에 들어서며 양반 스타일을 고집하던 딸이 먼저 뛰기 시작했다.

연못을 둘러싼 수려한 버드나무 가지 사이를 환하게 메우는 노을빛이 연못에 닿고 한들한들 춤을 추는 버드나무 가지가 다시 연못에 그림자를 드리운다. 내가 좋아하는 연못의 반영과 노을 조합이라니. 숨을 헐떡거리면서도 한순간도 놓치지 않기 위해 눈을 고정시키고 마구 셔터를 눌렀다.

"아~ 기분 좋아."

엄마가 깡충깡충 뛰니 아이들도 덩달아 깡충깡충 뛴다. 그 모습에 엄마는 더 신이 난다. 연못에 동동 떠 있는 오리 떼가 지나치게 사랑스럽고, 연못 위에 자리 잡은 정자가 운치를 더한다.

"아, 스무디 다 녹았겠다."

노을빛 아래에서 한참이나 산책을 즐긴 후에야 카페에 두고 온 음료 생각이 났다. 손님이 많지 않은 평일이긴 하지만 죄지은 사람처럼 눈치를 보며 살금살금 카페 안으로 들어가 앉았다. 커피는 다 식었고, 스무디는 다 녹았지만 아무도 불평하지 않는다. 추운 날 따뜻한 곳에서 일몰을 기다리고, 차가운 몸을 녹이며 쉬어갈 수 있으니 그만하면 되었다. 겨울의 궁남지가 따스한 이미지로 저장되었다.

유명 맛집을 찾아가 배가 터지도록 족발을 뜯으며 다음 일정을 의논했다. 남편이 다음 주에 갑자기 해외 출장을 가게 되어 이번 주말엔 우리가 남편이 있는 서울로 올라가기로 했다. 아직 가고 싶은 서해 여행지가 많이 남아 있긴 하지만 서울에서 며칠 쉬고 내려오며 다시 그 장소들을 찾아가기로 했다. 이 여행길이 어디로 튈지 모른다는 점이 또 다른 재미다. 계획이 흐트러지면 상당히 스트레스를 받던 딸아이도 이 여행길에 잘 적응하고 있다. 꼭

해야 하는 일 없이 매일매일 또 다른 내일을 계획할 수 있다는 점이 여행의 매력이다. 늘 계획대로 되지 않는 인생길에 초연할 수 있는 유연함을 우리는 여행에서 배운다. '모든 것이 계획대로 되지는 않는다'는 말을 다시 하면 '변화의 여지가 많다'는 것이고, '지루하지 않다'는 것이다. 인생을 재미있게 살고 싶다면 변화를 두려워해서는 안 된다. 재미있는 인생을 만드는 잠재력은 계획이 틀어질 때 생긴다. 식상하게 반복되는 일상에서 무료함을 느낄 때는 여행이 해결책이 되는 것도 그 때문이리라.

매일 다른 숙소를 알아보며 떠돌다가 며칠 동안은 숙소 걱정 없이 우리 공간에서 쉴 생각을 하니 마음이 편하기도 하다. 내일은 우리가 아빠 앞에 짠, 하고 나타날 차례다.

궁남지: 충남 부여군 부여읍 동남리

at267 카페: 충남 부여군 부여읍 서동로 56

내 동생이냐고?

눈을 비비며 창밖을 내다보니 해가 막 떠오르려 한다. 용수철처럼 침대에서 튕겨나와 옷을 챙겨 입고 일출을 보러 나갔다. 꽁꽁 얼어붙은 호수와 분위기 있는 겨울나무, 은빛 구름을 배경으로 떠오르는 오늘의 해는 은은하고 평화롭다. 파스텔톤의 분홍과 연노랑으로 조심스럽게 주위를 밝힌다. 강렬한 일출과는 또 다른, 겨울과 너무나 잘 어울리는 우아한 일출이다. 덕분에 우아한 하루를 기대하게 된다.

갈 길이 멀어 아침부터 서둘렀지만, 서두르나 늑장을 부리나 정확히 11시에 나가게 되는 마법에 갇혔나 보다. 어떻게 이렇게 한 치의 오차도 없는 건지. 인심 좋은 주인아저씨께 인사를 드리고 부여를 빠져나왔다. 신호등도,

차도 거의 없는 한적한 부여를 빠져나와 수원에 가까워질수록 우리를 에워싸는 차들로 도로는 빈틈없이 메워진다.

수원에 도착해 점심을 먹기 위해 찾아간 식당 앞에서도 주차할 곳을 찾지 못해 한참이나 애를 먹었다. 아이들을 식당 앞에 먼저 내려주고 한참을 맴돌아 가까스로 끌려가지는 않을 만한 곳에 차를 세웠다. 혹시 이곳을 다시 못 찾을까 봐 주차한 위치를 지도 앱에서 꼼꼼히 확인했다. 도시에 살면 스트레스 지수가 높아질 수밖에 없다. 도시에서는 쓸데없이 신경 쓸 일이 많아진다. 그래도 시골 여행 중에는 먹기 힘든 퓨전요리와 스파게티를 주문할 수 있어 만족스럽다. 도시에 길들여진 우리는 포기할 수 없는 것이 많아서 어쩔 수 없이 많은 것에 신경을 곤두세우면서도 도시 생활을 고집한다. 시골쥐와 서울쥐가 결국엔 각자의 터전으로 돌아간 것처럼.

서울로 가던 중 수원에 들른 이유는 단 하나, 수원화성을 보기 위해서다. 워낙 유명세가 대단한 곳이라 꼭 한번 와 보고 싶었다. 얼핏 보아도 단단해 보이는 성곽의 위엄과 웅장함이 우리를 압도한다. 내가 생각하는 정조

와 정약용의 이미지가 성곽과 너무도 잘 어울린다. 이 성도 굴곡의 역사를 겪으며 파손되었지만 꼼꼼한 기록자 정약용이 남긴 책 덕분에 축성 당시의 모습을 그대로 복원할 수 있었다고 한다. 문장가 정약용이 글로 수원화성을 남긴 것처럼 어반스케쳐인 나는 이곳에서 그림이 고프다. 그림을 그리려면 세밀하게 관찰해야 하니 그림은 아름다운 건축물을 즐기기에 아주 훌륭한 방법이 된다. 좋아하는 장면을 지겨울 정도로 실컷 보면서 시간을 보내는 거지. 하지만 서울로 가던 도중 잠시 들렀으니 이번에는 그림을 그리고 있을 만한 여유가 없을 듯하다. 그림을 위해서는 다음 기회를 엿보기로 하고, 오늘은 멋들어진 성곽을 사진으로 남기고 발로 밟으며 곳곳을 살핀다.

하지만 수원화성이 워낙 넓어서 무작정 걷자니 난감하다. 물론 나 홀로 여행이라면 발길 닿는 대로 마음껏 걸으면 그만이지만, 아이들을 데리고 다니면 이렇게 넓은 곳에서는 당황스러울 때가 종종 있다. 쉴 만한 곳이 나타나기 전에, 혹은 보고 싶은 게 남아 있는데 아이들이 지쳐버리면 낭패다. 아무렇게나 걷다가 화성행궁으로 가는 길을 물었더니, 우리가 오던 방향을 가리키신다. 계획성 없는 엄마와의 여행이 고생길이 되는 경우가 이럴 때다.

예상대로 딸아이의 입이 삐죽 나왔고 설상가상 또다시 엉뚱한 길로 빠지고 말았다. 올 때는 보지 못했던 커다란 정조 대왕의 동상이 나타났다. 산길을 한참이나 헤맨 후에야 화성행궁에 도착했다. 결국, 두 아이는 완전히 지친 채로 벤치에 풀썩 주저앉았다. 엄마는 미안한 마음에 두 아이의 옆자리를 조용히 지킨다. 하지만 아이들은 역시 아이들이다. 잠시 앉아 쉬고는 금세 충전 완료되어 배터리 빵빵하게 이곳저곳을 팔짝팔짝 뛰어다니니 말이다. 덕분에 나도 힘을 내어 화성행궁을 돌아보았다.

정조가 아버지 사도세자의 묘를 왔다 가던 길에 쉬었다는 화성행궁, 어머니의 환갑잔치를 열어드렸다는 곳이다. 어린 시절 겪었던 아버지의 비극적인 결말을 평생 잊지 못했을 정조에게는 아버지의 인생뿐 아니라 어머니의 삶도 애처롭지 않았을까? 매년 대대적인 능행을 하면서 정조는 어떤 마음이었을까? 어머니의 환갑잔치를 열면서 어떤 생각을 했을까? 부모의 자식을 향한 마음이 본능이라면 자식의 부모를 향한 마음은 뭐라고 설명해야 할까? 부모님이 자신의 전부였던 어린 시절은 많은 부분 기억하지 못하고, 사춘기가 되어 부모님을 오해하고 미워하는 시기를 거치고, 철이 들어서야 부모님을 이해하기 시

작하지만, 그때부터는 자기 자식을 키우느라 정신이 없다.

    평생 자식을 위해 살아가시는 부모님을 생각하면 짠한 마음이 들 때가 있다. 부모님을 돌보고, 형제자매들을 돌보고, 자식들을 돌보고, 손주들을 돌보느라 한평생이 흘러갔다. 먹고 살기 바빠서 당신들을 돌볼 새도, 자식들과 마음을 나눌 새도 없던 시절이었다. 다행히 좀 더 좋은 시절을 살아가고 있는 나는 의무를 다하는 관계보다 부모님과 깊은 우정을 쌓고 싶다. 친구처럼 같이 놀러 다니며 일상을 나누고 마음을 나누고 생각을 나누고 싶다. 헌신을 다하고 효성을 다하는 부모 자식 관계가 아니라 성인이 된 자녀와 노년의 부모가 우정을 나눌 수 있는 여유로운 시절을 우리는 살아가고 있다. 더 좋은 시절을 살아가는 우리 아이들이 자라서 엄마를 떠올릴 때는 더이상 안쓰러운 마음은 들지 않게 될까?

    차로 돌아가는 길에 한 외국인이 귀엽다고 아들의 머리를 쓰다듬으며 나이를 묻더니 엉뚱한 소리를 한다.
  "Is he your brother?"
  "my brother? He's my son."

푸핫, 나이 마흔 하나에 아들의 누나냐는 질문을 받다니. 동양인 나이 가늠하지 못하는 서양인 덕분에 한참을 웃었다. 그와 헤어진 후 아이들도 깔깔깔 웃음을 터뜨린다.

누나 같은 엄마가 되었으면 좋겠다는 엉뚱한 소망을 품는다. 평생을 동행하며 함께 고민하고 의논하고 삶을 나누는 부모 자식 관계 말이다. 100세 시대라고 하는 한평생에 부모가 전적으로 자식을 돌보는 시기는 길어도 10년, 거리를 두고 돌보는 시기가 다시 10년일 테다. 그 이후에는 세대를 뛰어넘는 좋은 친구가 되고 싶다. 서로 무언가를 해 주기 위해 애쓰기보다 부담 없이 만나 즐겁게 수다를 떨고 나면 서로가 회복되는 관계가 되면 좋겠다.

이제 서울까지 가야 하는데 운전석에 앉으니 졸음이 쏟아진다. 바로 운전하기는 무리다. 엄마가 차에 앉아 잠시 눈을 붙이는 동안 아이들은 편의점에서 삼각김밥을 하나씩 사 와서 간식으로 먹으며 또 깔깔대기 시작한다. 티격태격하면서도 둘이 있으면 그렇게 재미있나 보다. 두 아이의 웃음소리가 엄마를 충전시키는 에너지원이다.

서울 가는 길, 예상대로 차가 엄청나게 막힌다. 아…, 서울 들어가기 힘들다.

수원화성: 경기 수원시 장안구 영화동 320-2

화성행궁: 경기 수원시 팔달구 정조로 825

휴식의 공간

여유로운 토요일 아침, 아이들은 눈을 뜨자마자 게임을 하기 위해 아이패드를 찾는다. 일주일에 한 번, 20분만 허용되다 보니 기다림이 더 간절하다. 여행 중에도 아이들에겐 절대 잊을 수 없는 주말의 첫 일과 되시겠다. 이 짧은 시간 때문에 주말을 눈 빠지게 기다리면서도 허용된 시간 약속을 지켜주니 기특하다. 짧은 시간의 아쉬움은 서로의 게임을 보는 것으로 달랜다.

앞으로 게임 시간이 점점 길어지긴 하겠지만, 게임 시간을 절제할 수 있는 능력을 조금 더 어릴 때 길러주고 싶다. 사실 이렇게 해서 절제력이 길러지는지는 미지수이지만, 노력은 해 보는 거지, 뭐. 게임으로 많은 시간을 보내기 전에 좀 더 다양한 것을 경험해 보고 다양한 재미를 알아가게 해 주고 싶다. 친구들은 훨씬 더 자유롭게 게임을 하는 터라 친구들을 부러워하기도 하고 불만도 없지 않지만, 엄마의 생각에 공감하고 동의해 주니 고맙다. 내년엔 시간을 더 늘려주긴 해야겠다.

쉬는 날로 정했으니 특별한 일정도, 계획도 없다. 여유롭게 아침을 먹고 빨래방에서 빨래를 돌려놓고 쉰다. 요즘은 빨래방도 참 예쁘구나. 예쁜 공간을 찾는 사람들의 수요에 발맞추어 어딜 가나 이렇게 좋은 공간들이 가득하니 집 나온 지 오래된 우리도 곳곳에서 안락한 휴식을 누릴 수 있다. 마침 다른 손님도 없으니 카페를 통째로 빌린 것처럼 편안하고 자유롭다. 엄마는 그림을 그리고, 딸은 클레이로 슬라임을 만들고, 아들은 축구를 보고, 아빠는 커피 한 잔의 여유를 갖는다. 여유롭게 각자 좋아하는 것을 즐기는 이런 시간도 참 좋다. 취미 부자인 우리 가족은 같은 공간에서 각자의 시간을 즐기는 경우가 많다. 혼자만의 시간이 꼭 필요한 나에게는 소중한 시간이다.

점심으로 샤부샤부를 배불리 먹고 나니 쉴 곳이 필요한데 마침 그 옆에 도서관이 있다. 아이들은 또 신나게 만화책 삼매경에 빠지고 남편은 잠시 산책하고 와서는 아이들 옆에 앉아 눈을 붙였다.

"도서관에서 자는 잠이 원래 달콤하지."

했더니, 대학 다닐 때 내가 도서관에서 많이 자기로 유명했다며 남편이 놀린다. 쳇, 내가 잠이 좀 많은 편이긴 하다. 고등학교 야자시간에도 많이 자기로 유명했고. 교사가 된 후에도 퇴근만 하고 오면 옷도 갈아입지 못하고 소파에 뻗어 한숨 자고 일어나곤 했지. 그러고 보니 난 예전보다 지금이 더 건강해진 것 같다. 옛날엔 정말 저질 체력이었는데. 임신과 육아로 체질이 바뀌는 경우가 많다는데 나는 엄마가 된 이후 더 건강해졌다. 엄마가 되고 이제 나는 없어지는 건가, 하는 두려움에 눈물 지었던 나는 정작 엄마가 되고 잃은 것보다 얻은 것이 훨씬 더 많다.

"그림 잘 그리시네요."

도서관에 앉아 그림을 그리고 있는데 책을 보던 귀여운 꼬마가 옆자리에 앉은 어른에게 칭찬을 건넨다. 꽤 어른스럽고 의젓한 표정을 한 아이의 진지한 칭찬이 너무나 귀여워 슬쩍 웃음이 난다.

"고마워."

작은형님께서 저녁 식사에 초대해 주셔서 분당으로 향했다. 푸짐하게 저녁 얻어먹고, 안마 기계로 몸도 풀고, 퍼질러져서 쉬다가 올 때는 친정에 온 것처럼 온갖 반찬, 과일, 간식거리를 받아 차에 가득 실었다. 여행 중에 먹으라고 냉장고에 있는 것, 없는 것 다 꺼내 담아 주신다. 늘 그러시듯 맛있는 거 사 먹으라며 아이들 손에 용돈도 꼭 쥐여 주시고. 동생이라고 늘 이렇게 받기만 하면 어쩌나. 덕분에 몸도 마음도 잘 쉬어갑니다.

엄마의 자유 시간

"반갑다, 친구야!"

서울에 사는 친구를 만났다. 각자 아이들은 남편에게 맡겨놓고 오랜만에 우리끼리 만나기로 했다. 그동안 아이들을 데리고 만나기도 하고 가족들이 다 같이 만나기도 했지만, 이번엔 오랜만에 우리끼리 만나고 싶었다. 대학 시절엔 개그 프로의 온갖 유행어를 따라 하며 나를 엄청나게 웃겨줬던 친구인데, 지금은 그런 것들 따라 하지 않아도 평범하게 사는 이야기에 쉴 새 없이 깔깔댔다.

친구의 개그로 깔깔 웃던 그 시절을 돌이켜 보면 힘들어서 함께 울었던 시간도 많았다. 내면의 상처를 마주하며 같이 울고, 학과 공부가 힘들어 같이 헤매고, 형편없는 점수에 같이 좌절하기도 했고, 짝사랑으로 마음 앓이

하며 울기도 했다. 임용 준비하는 동안 힘들기도 했고, 진로를 고민하면서 힘들어하기도 했더랬다. 힘들었던 때마다, 좌절했던 순간마다 늘 함께였기에 웃을 수 있었고 다시 일어날 수 있었다. 대학 시절을 생각하면 힘들었던 시간보다 즐거웠던 추억이 먼저 떠오르는 이유도 친구가 옆에 있었기 때문이다.

그 이후 20여 년이 지난 지금 우리는 영어 교사, 번역가라는 첫 번째 꿈을 이루었고, 사랑하는 사람과의 결혼에 골인해 사랑스러운 아들, 딸을 둔 꽤 안정된 중년의 아줌마들이 되었다. 학교에서 진로 상담하며 가장 많이 써먹는 이야기의 주인공이 너라는 걸 넌 모르겠지. 친구와 마주 앉으면 20대로 돌아간 듯 또다시 깔깔대며 웃게 된다. 친구를 만나고 돌아오니 마음이 부자가 된 듯 든든하다. 자주 만나지 못하지만 같은 고민과 같은 가치관을 가지고 열심히 살아가는 친구를 생각하면 힘이 불끈 난다. 우리 잘 살고 있어, 하는 생각이 서로를 격려하고 지지한다.

저녁을 먹고 나는 또 나만의 자유 시간을 즐기러 집을 나섰다. 자유 시간이 주어질 때, 기분 전환이 필요할 때 나는 주로 쇼핑을 한다. 내가 옷을 좀 좋아한다. 쇼핑을 나서면서 사냥을 나서는 포수의 스릴을 즐긴다. 내게 어울리는 옷을 매의 눈으로 찾아내고야 말겠어, 하는 포부를 가지고 오랜만에 홀로 쇼핑가는 길, 룰루랄라 기분이가 좋지요. 서울 야경도 홍콩 야경에 뒤지지 않는다고 감탄 감탄을 하며 동대문 시장에 도착했다. 이제 쇼핑 한 번 해 볼까?

점원들이 자꾸만 중국어로 말을 걸어 난감하다. 내가 중국인같이 생겼나 싶었더니 여기엔 중국인 손님도 많지만, 중국인 점원도 많다는 사실을 깨닫고 안도한다(선입견이라 하더라도 중국인으로 오해받고 싶지는 않은 게 솔직한 심정이다). 여기가 한국인지 중국인지, 내가 이방인인지 그들이 이방인인지 헷갈린다(이 풍경은 코로나 여파로 인해 사라지고 말았다. 다시 예전의 활기를 되찾을 수 있기를).

난 혼자 쇼핑하는 것을 좋아한다. 다른 사람과 같이 가면 옆 사람이 신경 쓰여서 실컷 돌아다니지도 못하고, 이야기하다 보면 쇼핑에 집중할 수가 없다. 친구랑 쇼핑을 나갔다가, 친구가 지쳐서 돌아가고 나면 그제야 진정한 쇼핑을 시작한 일도 있을 정도다. 내 마음에 드는 것은 바로 사야 직성이 풀리는데 옆에 있는 사람이 태클을 걸면 쇼핑에 방해만 될 뿐이다. 쇼핑에 있어서 나는 그리 신중한 편은 못 된다. 한눈에 맘에 들었으면 여러 가지 단점들을 감수해 버린다. 더 마음에 드는 것을 고르기 위해 고민, 고민하는 수고를 덜었으니 가심비는 좋은 편이다. 쇼핑뿐 아니라 인생의 모든 선택의 순간이 내게는 그런 것 같다. 마음 쓰는 수고를 더는 만큼 내 인생은 단순하다. 어차피 결과를 알 수 없는 일에는 단순한 결단력이 꽤 현명한 방법이 되기도 한다. 잘못된 선택을 할까 두려워하기보다 내가 선택한 것의 결과는 내가 감수한다, 는 배짱이다.

가볍게 산책하듯 곳곳에 마음에 드는 옷을 찍어두고 마음의 결정을 한 후, 왔던 길을 거슬러 찜해 둔 옷들을 하나하나 거두어 쇼핑백에 담는다. 길치이면서 이럴 때는 초능력을 발휘한다. 열심히 쇼핑에 몰두하다 보니 시간이 얼마나 빨리 가는지…. 마음 같아서는 밤새도록 돌아다니고 싶지만 엄청나게 자제해서 두 손 가득 옷 봉투를 들고(하하, 겨울옷이 세일 중이라 지나칠 수 없는 것들이 많았다) 2시간 만에 차로 돌아왔다. 11시, 집으로 돌아가자. 누가 12시까지 들어오라고 한 것도 아닌데 신데렐라처럼 급하게 쇼핑몰에서 퇴장한다. 글쎄, 왠지 오늘 안에는 집에 들어가야 할 것만 같은 그런 기분.

남편 덕에 오늘은 혼자 실컷 놀았네. 육아휴직을 하고 어린아이들을 키우던 시절에도 가끔은 이렇게 나 홀로 기분 전환하곤 했었다. 주말에 남편에게 아이들을 맡겨 놓고 혼자 시내 나가서 커피 한잔하고, 소소한 것들을 사며 쇼핑하고 돌아오면 신이 나고, 지친 마음은 사라지고 그랬지. 추억 돋는 밤이다.

동대문패션타운: 서울 중구 장충단로 275

넷째 주

서울-인천-화성-서산-태안-공주-청주-대구

엄마도 탈 테야

이틀 동안 푹 쉬었으니 오늘은 기지개를 켜며 나들이 장소를 물색한다. 심사숙고 끝에 고른 일정은 양재천에서 얼음 썰매 타기! 시골 로컬들이나 즐길 수 있을 법한 놀이를 제공하는 곳이 가장 번화한 대도시라는 사실이 아이러니하다. 어릴 적 시골에서 자랐던 나도 비닐푸대('부대'의 경상도 방언) 눈썰매는 타 봤지만, 얼음 썰매 경험은 전혀 없으니 얼음 썰매는 과연 만나기 쉽지 않은 놀이인 듯하다. 서울 한 도심에서 가장 시골스러운 놀이라니 부쩍 더 기대된다.

늦은 아침을 먹고 여유롭게 집을 나섰다. 남편이 어젯밤 주차하고 넓은 지하 주차장에서 내가 차를 못 찾을까 봐 기둥 번호까지 사진을 찍어 보내주며 지하 4층이라고 했는데, 아무리, 아무리 찾아봐도 차가 보이지 않는다. 넓고 넓은 주차장에서 한참을 헤맨 후 결국엔 지하 3층에서 차를 찾았지 뭔가. 이럴 때 보면 우리 남편도 허당끼 장난 아니지만 진정한 허당인 나야 이런 일쯤 너그럽게 이해한다. 이런 상황에서 잔소리하지 않는 마음 넓은 아내라는 묘한 자부심을 느끼며, 쿨하게 차를 몰아 유유자적 놀이에 나선다.

양재천 얼음썰매장 근처에 주차한 후 지도 앱에 주소를 찍고 성실하게 지도를 따라갔는데 완전히 엉뚱한 곳이 나왔다. 이게 뭐람. 가까운 거리를 빙빙 돌았다. 아침부터 길 찾기 되게 힘드네. 이런 상황에선 아이들이 다리 아프다고 불평을 쏟을 만도 한데, 장기 여행 중 이런 상황에 익숙해진 아이들이 불평 없이 길을 찾기 위해 함께 힘을 모은다. '엄마도 처음 오니까 그렇지' 하던 변명도 이제 내뱉을 필요가 없어졌다.

"엄마, 여기 버스에는 학원이나 공부에 대한 광고밖에 없어."

길을 헤매면서도 딸은 주변을 관찰하며 나름의 여행을 즐긴다. 대치동다운 풍경이 관찰력 뛰어난 딸의 눈에 띈

모양이다. 아직까지 아이들을 학원에 보내지 않는 나에게 '나중에 아이들에게 원망 듣는다'는 충고를 많이들 한다. 일찍부터 배워서 능력을 키우는 것도 좋겠지만, 스스로 배우고 싶을 때 배우는 게 가장 이상적이지 않을까? 다행히 딸아이는 다른 아이들이 학원에서 많은 시간을 보내는 사이 자신이 누릴 수 있는 자유를 감사하게 여긴다. 언제부터, 어떤 학원에 다닐지 스스로 결정할 수 있도록 아이와 많은 이야기를 나누며 서로의 생각을 공유한다. 아이들이 스스로 선택하고 스스로 책임지는 사람으로 자라가는 것이 엄마의 바람이다.

한참을 빙빙 돌다 보니 마침내 저 멀리에 썰매장이 보인다. 신이 난 아들이 내달리기 시작했다. 네가 이거 좋아할 줄 알았지. 아침부터 차 찾기와 길 찾기로 많은 시간을 보내고 힘들게 찾아낸 곳, 썰매 대여료 천 원만 내면 마음껏 탈 수 있는 착한 놀이터다. 시골에서 자란 나에게도 처음이니 도시에서 나고 자란 아이들에게는 진정한 신세계다.

나도 타겠다고 했더니 아이들이 어른은 아무도 안 탄다며 엄마를 말린다. 그 말에 소심해져 썰매는 2개만 빌리고 사진 찍기 담당으로 남았다. 하지만 왕성한 호기심이 도저히 나를 가만두지 않는다. 몸이 근질근질하다. 나.도.타.보.고.싶.어.

"엄마 한 번만 타보자."

결국, 딸의 썰매를 빌려 작은 판 위에 두 다리를 구겨 자리를 잡고 앉았다. 그리고 썰매 스틱으로 힘껏 얼음을 밀어내기 시작했다.

"우와~~~~~ 진. 짜. 재미있네. 엄마도 탈 거야."

딸의 썰매를 바로 돌려주고 주저함 없이 썰매를 하나 더 빌려왔다. 엄마가 같이 타니 아이들은 더 신이 났다. 그거 봐. 같이 타야 더 재미있지. 왜 말린 거야? 신나게 얼음을 밀어내며 얼음 위를 달린다. 아이를 키우면서 어른들은 유년기를 한 번 더 경험하는 기회를 얻는다. 또다시 경험하게 된 유년기를 보내며 잃었던 동심을 찾아내 차곡차곡 내 안에 쌓아둔다. 평생 동심을 잃지 않고 살아갈 수 있는 마지막 기회일지도 모른다.

지친 나와 딸은 먼저 얼음판에서 퇴장하고 체력 좋은 아들은 혼자 더 타겠다며 얼음판 위를 호기롭게 달린다. 아들을 기다리는 동안 우리는 따뜻한 대기실에서 간식도 먹고 딸은 그곳에 가득한 만화책에 빠져들었다(이미

다 봤던 만화책을 몇 번이나 반복해서 읽는 건지 모르겠다). 아들이 실컷 탔다고 할 때까지 기다려 주고 싶지만, 아들은 도통 지칠 줄을 모른다. 도리어 기다림과 허기짐에 지쳐 버린 우리는 강철 체력 아들을 끌고 나올 수밖에 없었다. 어릴 적에도 놀이터에서 아무리 오래 놀아도 지치는 일이 없던 아들은 여전히 놀다 지치는 법도, 배가 고픈 법도 없다.

그래도 어릴 적 더 놀겠다며 동네가 떠나가도록 우는 녀석을 그대로 안고 집으로 돌아오던 때에 비하면 지금은 너무나 신사적이다.

"우리 배고파서 이제 가야겠어."

한마디에 아쉬움을 접고 선선히 우리를 따라나선다. 집에 가서 맛난 거 먹고 푹 쉬자. 오늘도 재미있었지?

엄마가 좀 천진난만하면 어때

드디어 우리 여행의 종착지가 될 예정이었던 곳, 인천으로 간다. 인천 공항을 드나들면서도 인천에 여행 가본 적은 없으니 인천도 밟아 보지 못한 땅으로 분류했다. 이번에는 비행기를 탄다는 목적 없이 순수하게 인천을 향한다. 서울을 빠져나오는데 차가 많아도 너무 많다. 역시 서울을 빠져나오는 것도 보통 일이 아니다. 고개를 절레절레 흔들며 운전에 집중한다. 인천으로 들어가는 길에는 대형 트럭들이 많아서 운전하기가 겁이 난다. 들어가는 입구부터 공항, 항구와 대형 물류단지를 가진 도시의 위엄이 느껴진다. 괜찮아, 쫄지 마. 쫄지 마.

우선 차이나타운에서 점심을 먹기로 했다. 맛집을 찾아보긴 했지만 모두 비슷한 듯해서 눈에 먼저 띄는 집에 들어가 버린다. 나는 여행지에서 맛집을 찾는 데 많은 공을 들이지 않는다. 평소에는 새로운 식당과 카페에 찾아가는 걸 좋아하지만 여행지에서 식당 정보까지 찾기는 너무 버겁다. 발걸음 닿는 대로 움직이는 게 또 여행의 묘미 아니겠는가. 물론 꼼꼼히 찾아보고 가지 않는 바람에 실망하게 되는 경우도 많긴 하다. 우리가 들어간 식당에는 딤섬 종류가 많지 않아서 조금 아쉬웠지. 하지만 성격상 그렇게 꼼꼼하게 조사하는 건 힘드니까 적당히 조사하고 적당히 만족하며 나만의 여행을 만들어간다. 샤오룽바오와 새우 샤오룽바오 그리고 백 짜장면을 시켜 맛나게 점심을 먹었다. 착한 미각의 소유자는 웬만하면 다 잘 먹고 만족하는 편이다. 사람은 다 자기 성격대로 살기에 알맞게 지어졌나 보다.

빨강 빛깔로 물든 차이나타운을 돌아다니며 딸아이는 팔찌도 하나 사고, 아들은 목검을 하나 샀다. 소소한 쇼핑이 여행에서 또 하나의 즐거움이 되기도 하지.

"또 쓸데없는 거 사 오지 마래이."

수학여행을 가기 전에 엄마가 용돈을 주시며 늘 빼놓지 않으시던 당부가 무색하게 어른이 된 나는 이제 아이들까지 동원해서 '쓸데없는 물건'을 즐겁고 신중하게 고

268

른다. 여행에서 돌아오면 어디에 박혀있는지 찾기 힘들어 지기도 하지만(이제 상자를 하나 마련해 모으기 시작했다) 작은 기념품 사는 재미가 쏠쏠해서 도저히 그만둘 수가 없다. 여전히 실용성을 추구하는 어른의 마인드를 갖출 생각은 없다. 더 좋은 차, 더 좋은 집, 더 좋은 가방은 필요 없으니 여행지 어느 뒷골목에서 시시한 기념품을 사며 행복한 어린이로 남고 싶다.

TV에 자주 등장하는 월미도에 가봐야겠다. 바다는 언제 봐도 좋으니까. 새우깡으로 먹이 주시는 분 덕분에 갈매기 구경을 실컷 했다. 새우가 얼마 들어가지도 않았을 텐데 갈매기들이 그렇게 좋아하더라. 날아가면서도 얼마나 잘 잡아채 가는지. 갈매기들이 공중에 줄을 서서 차례대로 새우깡을 받아먹는 모습은 진기한 장면이라 눈을 뗄 수가 없다. 배가 출발할 때 사람들이 주는 새우깡을 먹기 위해 배 옆에 미어터지게 자리를 잡고 기다리던 마산 갈매기들의 진귀한 풍경이 떠 오른다. 새우깡의 인기는 인천에서도 하늘을 찌르는구나. 해외 갈매기들도 새우깡을 좋아할까? 문득 엉뚱한 궁금증이 생긴다.

이런 놀이공원에 오면 풍선 다트 던지기 같은 거 해 보고 싶지. 이런 거 보고 승부욕 불타는 아들이 다트를 열심히 던지고 정체를 알 수 없는 조잡한 인형을 하나 받았다. 머지않아 쓰레기가 될 듯하지만, 아들은 다트 던지기의 전리품을 뿌듯하게 들고 다닌다. 장난감이 많지 않은 여행 중엔 좋은 친구가 되어 줄지도 모르겠다.

숙소에 들어오니 서서히 해가 저물어 간다. 내가 좋아하는 일몰 풍경이 보이는 숙소라니. 기찻길 뒤편 아파트 숲으로 해가 떨어진다. 기찻길이 바로 옆에 있는 숙소에서도 엄마는 소음 걱정일랑 하지 않고 기찻길 풍경이 예쁘다며 지나가는 기차에 손을 흔들며 방방 뛴다. 아이들보다 내가 더 어린 애 같을 때가 종종 있다. 좀 철없어 보이지만 천진난만함을 잃지 않았다고 표현해주자. 좋아하는 것을 마음껏 좋아하는 것, 좋아하는 사소한 것들의 목록을 늘려가는 것이 행복한 삶의 비결이 아닐까? 행복한 순간을 늘려가다 보면 평생이 행복한 삶이 될 것이다. 아이들보다 어른들이 자주 행복하지 못한 것은 행복의 조건이 까다로워졌기 때문이 아닐까? 사소한 일에 행복해하는 것은 철없는 일 같지만, 결국엔 위대한 일이 될 것이다.

마음에 드는 숙소에서 깻잎전과 떡갈비를 굽고 갖은 채소를 넣은 미소된장국을 끓이며 미소 짓는다. 마트에서 먹고 싶은 것들을 장바구니에 담으면서 싱긋 웃는다. 딸아이에게 어울리는 원피스를 하나 사주며 딸아이의 행복에 물든다. 찰나의 쇼핑에도 완전히 지쳐 버린 아들이 귀여워 깔깔 웃는다. 오늘도 이렇게 행복 세포를 열심히 깨운다.

인천 차이나타운: 인천 중구 차이나타운로 26번길 12-17

월미도: 인천 중구 북성동 1가 98-352

바닷길을 달리다

제부도에 갈 때는 물때를 잘 확인해야 한다. 아무렇게나 기분 내키는 대로 갔다가는 들어가지 못하거나 섬에 갇히기에 십상이다. 오늘 제부도의 길이 열리는 시간은 오전 7시 45분부터 오후 4시 25분, 그 시간을 놓치면 밤 8시 이후에야 다시 길이 열린다. 그렇다고 우리가 아침 일찍 집을 나섰을 리 없다. 11시의 마법을 기억하시길.

섬에 들어가기 전에 점심을 먼저 준비해야 한다. 섬에서 먹을 수 있는 음식은 회와 조개구이 같은 해산물이 대부분인데 해물을 좋아하지 않는 아들 때문에 바닷가에서 끼니를 해결해야 할 때는 사전 조사가 필요하다. 제부도에서도 우리가 먹을 음식은 마땅찮은 듯하여 오늘은 아들이 좋아하는 김밥을 사 가기로 했다. 인천에서 유명한 김밥집 앞에 다다르니 김밥을 사려는 차들이 장사진을 이루고 있다. 주차하고 김밥을 사 오는 것도 보통 일은 아니다. 어쨌든 성공적으로 도시락도 준비하고 마음 든든하게 제부도로 향했다.

가는 길에 길을 좀 헤맸더니 점심시간이 훌쩍 넘어 제부도에 도착했다. 하루에 두 차례 사라졌다 드러난다는, 양옆에 바닷물이 찰랑대는 길을 따라 제부도로 들어간다. 바닷물이 차오르는 것에 상관없도록 다리를 높게 만들었다면 언제든지 드나들 수 있겠지만, 아무 때나 갈수 없기 때문에 제부도는 더 매력적인지 모른다. 낮은 도로 덕분에 바다 위를 달려가는 느낌이 제부도의 첫인상을 신비롭게 만든다. 주민들의 편의를 생각한다면 높은 도로를 건설하는 것도 좋을지 모르지만, '모세의 기적'을 경험할 수 있는 관광지로서의 명성은 잃게 될지 모른다. 자연 그대로의 모습을 보존하는 것은 늘 사람들의 불편함을 감수해야만 가능한 것이다. 그곳 사람들이 불편함을 견디어 준 덕분에 여행객들은 그곳만의 매력을 마음껏 누리고 쉼을 얻고 떠나간다.

바닷길을 가르고 제부도 도착. 이제 김밥 먹을 장소를

273

찾아보자. 봄이나 가을처럼 날씨 좋을 때라면 아무 데나 돗자리 펴고 소풍 기분 내며 김밥을 먹겠지만, 겨울 여행 중엔 엄두도 낼 수 없다. 해안도로를 따라 달리다가 바다가 보이는 주차장에 차를 세우고 차에서 김밥을 꺼냈다. 자리는 좀 불편하지만, 경치만큼은 어느 고급 레스토랑 부럽지 않다. 게다가 줄 서서 먹는 유명 김밥답게 맛도 일품이다. 인심 좋게 넓적한 계란 지단이 뭉근하게 제대로 조려진 우엉을 감싸고 화려한 주황색 당근이 식욕을 당긴다. 커다란 김밥 한 알 입에 넣고 우적우적 씹으면 예쁘게 어우러졌던 모든 재료가 절묘하게 조화를 이루며 입가에 미소를 부른다. 간단하게 먹을 수 있으면서 이렇게 완벽한 조화를 이루는 김밥은 한 알, 한 알 소풍의 추억을 소환한다. 눈 앞에 펼쳐진 하늘과 손 맞잡은 바다 풍경은 김밥 추억 사진첩의 또 한 장을 장식한다.

칼바람이 불어대지만 맛있는 김밥으로 배도 두둑하게 채웠으니 용감하게 차 밖을 나선다. 이 정도 추위쯤이야 가소롭다는 듯 아이들은 바닷가를 종횡무진 뛰어다니며 제대로 신이 났다. 팔짝팔짝 뛰어다니는 두 아이가 아기 새처럼 마냥 귀엽다. 아이들과 여행하면서 가장 흐뭇하고 행복한 순간을 또 만난다. 한껏 들뜬 아이들은 엄마

의 사진 찍기 놀이에 모델 역할도 충실하게 해 준다. 핫
플답게 제부도에는 예쁜 조형물들이 많아서 다양한 컨셉
의 사진 찍기 놀이가 가능하다. 아이들은 다양한 아이디
어를 내어 재미난 포즈를 선보인다. 열정적인 점프 샷도
빠지지 않는다. 그렇게 한참을 걷고 뛰고 사진을 찍다 보
니 따뜻한 곳이 그립다. 칼바람에도 굴하지 않고 야외에
서 신나게 놀았지만 무한정 칼바람에 난도질당한다면 끝
까지 배길 수는 없다.

검색해 둔 카페를 찾아갔더니 문을 닫았고, 또 다른
곳을 찾아갔지만 역시 문을 닫았다. 그렇게 헛걸음을 반
복하며 세 번째로 찾아간 카페에 겨우 자리를 잡을 수
있었다. 비수기에 평일이다 보니 문을 닫은 곳이 많다. 이
곳 역시 손님은 우리뿐이라 카페 전체를 우리가 빌린 듯
하다. 바로 앞에는 바다가 보이고 카페 내부는 아늑하고
아기자기하다. 철 지난 크리스마스 장식까지 우리의 기분
을 한껏 돋운다. 아이들은 차에서 보드게임을 꺼내왔고
나는 그림을 그렸다. 이제 막 여유로운 시간을 보내기 시
작했는데 아들이 초조한 목소리로 끊임없이 시간을 묻
는다. 섬에 갇힐까 걱정이 된단다. 나는 더 앉아 있고 싶
지만, 아들이 그렇게 초조하다는데 엄마만 여유를 부릴

수는 없다. 주섬주섬 짐을 챙긴 후 딸은 바로 앞 바닷가
에 나가 모래를 한 병 담았다. 그 사이에도 아들은 빨리
오라고 성화다.

바닷길이 닫히기 1시간 전에 섬을 빠져나오자마자 엄
마는 차를 세운다.

"길 건너왔으니까 여기서는 좀 더 놀다 가도 되지?"

"엄마, 놀이공원에 온 애 같아."

팔짝팔짝 뛰어가는 엄마를 보고 딸아이가 웃는다. 시
큰둥한 아들을 뒤에 남겨두고 딸아이와 신나게 사진을
찍는다. 눈부신 햇살이 바닷물에 비치어 윤슬이 반짝인
다. 반짝이는 윤슬을 배경으로 같은 이름을 가진 딸아이
가 환한 웃음을 지으며 반짝인다. 우리가 다녀온 제부도
가 찰랑찰랑 물이 차오르는 바닷길 너머에서 우리에게
손을 흔든다. 아름다운 장면이 우리의 뇌리에 박힌다.

3년이 지난 어느 날 드라마 〈그 해 우리는〉을 보다가
딸이 소리를 지른다.

"엄마, 저기 엄마랑 나랑 사진 찍었던 데잖아."

연수가 웅이를 세워놓고 사진을 찍던 장소가 이곳이라
는 걸 한눈에 알아본다. 시큰둥한 웅이의 태도가 3년 전

그날의 아들 같아서, 난리 법석을 떨며 사진을 찍는 연수의 모습이 나와 딸 같아서 웃음이 난다.

대왕김밥: 인천 부평구 부평문화로 41

제부도: 경기 화성시 서신면 제부리

미안, 대신 내일은 일출 보러 가자

"다 왔어, 너희 먼저 내려서 구경해. 엄마 주차하고 갈게."

서둘러 주차해 놓고 차에서 내렸더니 엄마를 향해 터덜터덜 걸어오는 아이들이 시무룩하다.

"엄마, 해가 방금 졌어."

숙소에 들어가기 전 몽산포 해수욕장에 들러 일몰을 볼 계획이었는데, 일몰 시각도 확인해 두었는데, 너무 정확한 시간에 몽산포에 도착하고 말았다. 몽산포 해수욕장에 들어갈 때는 해가 반이라도 남아 있더니 주차를 하는 사이 남아 있던 반쪽짜리 해가 순식간에 바닷속으로 쏙 몸을 숨겨 버렸다. 바쁜 일이라도 있는 사람처럼 일몰 예정 시간 5시 50분에 정확히 맞춰 싹 사라져버리네. 인간미라고는 하나도 없이. 엄마가 휴게소에 마음을 빼앗기는 바람에 일몰을 놓치고 말았구나.

오늘 머물 숙소까지는 2시간, 꽤 장거리를 가야 했다. 오랜 여행에 익숙해진 아이들은 이제 2시간 차 타는 것 정도는 힘들지 않다며 휴게소에 가지 않아도 된다고 했다. 하지만 가는 길에 전망이 너무 멋진 휴게소가 나타나는 바람에 엄마는 또 멈춰 서고 말았다. 바다를 가로질러 가던 고속도로 중 섬에 자리한 휴게소라니 이곳을 그냥 지나치기는 너무 아까운 거다. 잠깐 쉬다 가자며 내렸는데 발걸음이 잘 떨어지지 않는다. 쉬다 보니 너무 쉬어 버렸다.

내가 시간을 맞추는 습관이 이렇다. 학교 다닐 때도 늘 종 치는 순간 교실에 들어선다고 친구들이 종순이라 부르곤 했다. 시간이 좀 남도록 여유롭게 가도 될 것을, 시간이 조금 남는 것 같으면 그사이에 또 다른 무언가를 한다. 그러다 늦거나 급하거나 하면서도 말이다. 결국엔 늦은 만큼 뛰어서 겨우 종 칠 시간을 맞추는 거지. 중학교 친구가 개원한 치과에 진료받으러 가면서 또 그렇게 시간을 꼭 맞춰 헐레벌떡 뛰어 들어갔더니,

"여전하네, 여전해."

하며 친구가 깔깔 웃는다. 이 이상한 습관을 평생 고치기가 힘들다.

일몰 후 땅거미가 내리기 시작하면 하늘은 더 아름다워지는데 마음이 상해 버린 아들이 입을 삐죽 내밀며 숙소에 가자고 차에 탄다. 엄마의 이런 습관을 이미 아는 터라 제부도에서부터 엄마를 보채 길을 서두르게 했던 아들이 마음 상할 만도 하다. 엄마의 단점을 눈치챌 수 있을 만큼 아이들이 자랐음을 새삼 느낀다. 미안한 마음에 아들을 더 설득하지 못하고 일몰 후의 아름다운 풍경을 뒤로 한 채 숙소로 차를 몰았다.

놓쳐버린 일몰이 아쉽고 시간을 제대로 지키지 못한 게 미안해서 내일 아침엔 다 같이 일출을 보러 가자고 제안했다. 겨울이라 해가 늦게 뜨니 아침잠 많은 딸도 도전해 볼 만하다. 서해에서도 일출을 볼 수 있는 곳을 검색하고 오랜만에 알람을 맞춘 후 잠자리에 들었다.

딴따단딴 딴따단딴, 알람 소리에 눈을 떴다.
"일출 보러 갈까?"
"누나 가면 나도 갈래."
"그래, 가자."
어느새 부스스 몸을 일으키고 두 아이가 나갈 채비를 한다. 매서운 겨울바람에 허겁지겁 차 안으로 뛰어들지만 밤새 찬바람을 잔뜩 들이켠 차 안도 싸늘하기는 매한가지다.

"구름이 많으면 못 볼 수도 있어. 일출 보는 게 원래 쉬운 일이 아니거든."
생각보다 밖이 너무 환해서 일출도 놓쳐버리는 게 아닌가 싶어 초조해진다. 어제 일몰을 놓치게 한 장본인인 엄마는 아이들을 또 실망시킬까 염려스러워 혹시 모를 상황에 아이들의 마음을 대비시킨다.

중학교 시절, 바닷가로 갔던 교회 수련회 마지막 날, 일출을 보겠다며 친구들과 밤을 새우고 해가 어스름할 때쯤 해변으로 달려나갔다. 시간만 맞추면 일출을 볼 수 있을 줄 알았던 나는 자욱한 구름 뒤편에서 코빼기도 비치지 않는 해가 퍽이나 야속했다. 그날 얼마나 실망했던지 해변에 친구들과 허탈하게 앉아 있던 모습이 지금도 생생하다. 그 기억 때문에 아이들을 일찍 깨워 데려가면서도 일출을 보여 주지 못할까 봐 조마조마하다.

20분을 달려 서해에서도 일출을 볼 수 있다는 황도에 도착했다. 다행히 아직 해는 뜨지 않았고 클라이맥스를 준비하며 점점 더 화려한 빛깔을 연출 중이다. 따스한 노란빛과 붉은빛이 고요하고 차분한 바다와 광활한 하늘에 드리워지고 있다. 일출이 잘 보일 만한 곳에 차를 세우고 차 안에서 일출을 기다렸다. 자동차의 작은 창이 성에 차지 않아 해가 뜨기 전부터 연신 들락날락하며 사진을 찍어 댔다. 그렇게 수십 장의 사진을 찍는 사이 드디어 찬란한 해가 떠오르기 시작한다. 숨죽이며 기다렸던 해가 떠오르자 대단한 미션에 성공한 것처럼 아이들은 환호성을 지른다. 해돋이 따위 큰 관심 없던 아이들이 간절히 붉은 해를 기다렸다. 목 빠지게 기다려 주는 우리 덕분에 오늘의 해도 살맛 나겠군.

어제 놓친 일몰 덕분에 오늘의 일출이 흥분되고, 추위에 덜덜 떨었던 새벽의 시간 덕분에 숙소에서 뒹구는 따스함이 달콤하다. 우리가 겪는 모든 일이 만족스럽지 않더라도 그 경험이 다른 경험을 흡족하게 하기에 우리의 모든 경험은 그것만의 가치를 가진다.

행담도 휴게소: 충남 당진시 신평면 서해안고속도로 275

몽산포 해수욕장: 충남 태안군 남면 신장리

황도 선착장: 충남 태안군 안면읍 황도리 26-6

꽃지 해수욕장: 충남 태안군 안면읍 승언리

꿀 떨어지는 시선

여행 중 갈 장소를 정할 때는 여행자의 흥미와 관심이 우선시되기 마련이다. 하지만 너무 추운 날에는 선택의 여지가 없다. 서산에 가볼 만한 곳을 검색하고 유일한 실내 관광지인 버드랜드로 향했다. 철새도래지로 잘 알려진, 우리나라에서 겨울을 보내는 어마어마한 가창오리떼의 군무로 유명한 그 천수만을 조망할 수 있는 곳이다. 버드랜드에 도착하니 알록달록한 피라미드 모양의 건물과 한눈에 새 둥지를 형상화했음을 알아볼 수 있는 전망대, 귀여운 새 모형들이 곳곳에 눈에 띈다. 많은 계단도 한달음에 올라가며 주변을 탐색하던 아이들은 곳곳에 있는 새 모형 앞에서 포즈를 취한다. 큰 기대 없이 도착한 장소에서 기대감이 차오른다.

철새 박물관 입구에는 V자 비행을 하는 기러기 모형이 우리를 맞는다. 전시관에 들어서자 수십 마리 새들의 박제가 한 벽면을 채우고 있다. 해설사님께서 눈이 휘둥그레한 우리에게 다가와 다정하게 설명을 해 주신다. 평소 어느 박물관에 가든 우리는 설명을 열심히 따라다니는 부류는 아니지만, 오늘은 청중이 우리뿐이라 빠져나갈 틈이 없다. 딱 걸린 우리는 어쩔 수 없이 성실한 청중이 되어 해설사님의 설명에 귀를 기울인다. 해설사님의 질문에 책에서 봤던 모든 기억을 끄집어내어 열정적으로 대답하는 아이들의 모습을 뒤에서 지켜보자니 엄마는 슬그머니 웃음이 난다. 해설사님의 설명을 귓등으로 듣는 엄마가 어쩔 수 없이 오늘의 유일한 불량 학생이다. 아이들은 여러 분야에 쉽게 호기심을 느끼고 마음을 연다. 평소에 관심이 없었으면서도 금세 빠져들어 새로운 지식과 알고 있던 정보들의 퍼즐을 맞추며 즐거워하다니. 아이들은 다양한 새들의 박제 중에 책에서 봤던 아는 새들을 찾아내고서 뿌듯하다. 보물찾기라도 하듯 두 아이가 열심을 낸다.

철새 박물관 안의 해설사님은 물론이고 전망대와 기획 전시실에서 일하시는 분들이 정말 새에 진심이다. 하나

같이 손주 자랑하시는 할머니에게서나 볼 수 있는 애정이 눈에서 뚝뚝 떨어진다. 우리에게 하나라도 더 알려주고 싶어 앞다투어 우리에게 다가오신다. 덕분에 별 관심 없던 우리도 새를 좋아한다는 착각에 빠지고 만다. 그냥 스쳐 지나갈 법한 전시물을 주의 깊게 살펴보게 된다. 어디서든 이렇게 자기 일을 진심으로 사랑하는 사람을 만나면 기분이 좋아진다. 자기가 좋아하는 일을 직업으로 삼는 것이 현실적으로 쉽지 않고, 아무리 좋아하는 일이라도 업무량에 지쳐 처음의 열정을 잃기 마련이다. 열정이 꺾이지 않을 만큼 일할 수 있는 환경이 가능한지는 모르겠지만 자기의 일을 사랑하는 사람이 많은 사회를 꿈꾸어 본다. 여전히 수시로 꿈이 바뀌는 두 아이가 미래에 어떤 일을 하게 될지는 모르겠지만, 꾸준히 자신의 관심과 열정을 찾아갈 수 있었으면 좋겠다.

천수만을 바라보기 위해 찬 바람을 가르며 전망대에 올랐다. 전망대에서 내려다보는 풍광은 일품이었지만 아무리 눈을 씻고 찾아봐도 철새가 한 마리도 보이지 않는다. 예전 주남 저수지에서 봤던 것처럼 많은 새를 구경할 수 있을 거라 기대했는데 실망이 이만저만이 아니다. 천수만이 워낙 넓고 새들은 흩어져 있는 데다 전망대가 천

수만과는 거리가 꽤 있어서 그렇다고 한다. 자연이 너무 파괴되어 우리가 살아가는 공간에서 자연스럽게 다양한 동물을 만나기 어려워졌다. 공원을 걷다가 다람쥐를 만나고, 등산 중에 딱따구리라도 만나면 아주 운이 좋은 날이다. 공존해야 할 공간을 우리가 너무 많이 차지해버린 후에 아차, 하면서도 발전의 속도를 늦추지 못하는 것이 인간이다. 그래도 가끔 이런 공간을 찾으면 우리가 살아가는 이 땅이 공존을 위한 공간임을 자각하게 되니 철새 한 마리 발견하지 못했더라도 소중한 나들이다.

한참을 걷고 구경하고 나니 급격히 피곤해진다. 당 충전이 필요하다. 어김없이 카페로 향한다. 피곤해서 쉬겠다고 찾아간 곳이 30분 거리의 보령에 있는 카페다. 멀더라도 가보고 싶은 곳이 있으면 놓칠 수가 없다. 우유갑 모양의 귀여운 카페 앞에서 사진 찍기에 여념이 없다. 피곤했다는 건 거짓말이었다고 해도 할 수 없다. 여행 중엔 끝없이 에너지가 솟아오르는 걸 어떡하겠는가. 아이스크림과 브라우니, 카페라테를 차려놓으니 보기만 해도 마음이 푸근해진다. 눈은 즐겁고 입은 행복하고 몸은 편안한 시간이다. 그렇다면 30분을 달려올 이유가 충분하다.

에너지 만땅 채우고 숙소로 돌아가는 길엔 땅거미로 물든 바다가 우리를 유혹한다. 아주 당연하다는 듯 차를 세우고 해변으로 나갔다. 우리 아이들이 아름다움을 보고 걸음을 멈출 수 있는 낭만 있는 사람이 되었으면 좋겠다. 학교 갔다 오는 길, 예쁜 구름을 발견하고 셔터 한 번 누를 수 있는 여유로운 사람 말이다. 여행의 아름다웠던 기억들이 바쁜 일상 속 여유로움을 발견하게 하는 힘이 되어 주길.

서산 버드랜드: 충남 서산시 부석면 천수만로 655-73

보령 우유창고: 충남 보령시 천북면 홍보로 573

서산 버드랜드

생일 축하해

25박 26일의 일정 중 스물다섯 번째 날, 이번 여행에서 실제로 마지막 날이자 사랑하는 딸아이의 생일이다. 여행 중 생일상 차리기가 힘들어 고민하다가 생각해낸 메뉴가 베이컨말이다. 즉석 미역국을 간단하게 끓이고 채소는 다져서 밥에 섞어 두었다. 이제 베이컨에 말기만 하면 되는데 비닐장갑도 없고 밥알은 손에 마구 달라붙어 도통 모양이 만들어지지 않는다.

"엄마 이거 못 만들겠어. 그냥 볶음밥으로 먹을까?"

손에 찐득찐득 붙는 밥알을 떼어내다가 명색이 딸의 생일상인데 엄마는 기어이 포기를 선언하고 말았다. 엄마의 포기 선언에 실망한 기색도 없이 솜씨 좋은 딸이 팔을 걷어붙이고 나섰다. 김밥 말기도 엄마보다 한 수 위인 딸아이가 엄마가 포기한 베이컨 말이를 예쁘게 완성해 버렸지 뭐야. 금손을 가진 딸 덕분에 무사히 생일상이 차려졌다.

마지막으로 서해를 한 번 더 보고 떠날지 물었더니 다들 괜찮단다. 서해 여행하면서 바다를 실컷 보긴 했다. 우리 공주님의 생일은 공주에서 보내기로 했다. 공주로 가는 길에는 생일 저녁 만찬을 위해 유명한 홍성 한우도 푸짐하게 사서 차에 실었다. 그사이에 차 키를 잃어버렸다며 허당 엄마가 한바탕 소동을 부리기는 했지만 모든 임무를 완수하고 무사히 공주에 도착했다.

공산성 성벽 산책은 바로 옆이 낭떠러지라 다소 아찔하긴 하지만 경치가 장난이 아니다. 공산성 옆을 흐르는 새파란 강물과 새파란 하늘을 배경으로 돌벽과 정자 풍경이 기가 막히게 어우러진다. 역시나 딸과 나는 가다 서기를 반복하며 셔터를 눌러 댄다. 아무렇게나 찍어도 예술인데 이런 곳을 어떻게 그냥 지나칠 수 있을 것인가. 마음 같아서는 공산성 전체를 한 바퀴 걷고 싶지만 걷기 싫어하는 공주님을 데리고 생일날 너무 많이 걸으면 안 되니 적절히 산책을 즐기고 나가기로 했다.

출구를 향해 나가는데 갑자기 아들의 눈이 반짝인다. 활쏘기 체험을 발견했군. 아들 참새의 방앗간, 그냥 지나칠 수가 없다. 운동이라면 종류를 가리지 않고 좋아하는 아들은 처음 해 보는 활쏘기 체험에도 재능을 발휘한다. 체육이라면 전교에서 꼴찌였던 엄마에게서 어떻게 이렇게 체육 사기캐 아들이 나올 수 있는 걸까? 체육 시간마다 민망하고 부끄러워 눈물 꽤나 흘렸던 엄마의 서러움을 말끔히 씻어 준다.

공주 시내를 슬쩍 둘러보고 생일 파티를 하기 위해 카페로 간다. 딸이 좋아할 만한 분위기에 케이크가 맛있는 카페를 미리 찾아두었지. 지난 주말에 아빠와 케이크 사서 생일 파티는 했지만, 그렇다고 생일날 그냥 넘어가면 또 섭섭하다. 예쁜 조각 케이크에 초를 꽂아 생일 축하 노래를 부르고, 미리 준비해둔 엽서도 한 장 내밀었다. 아이는 작은 조각 케이크 하나에도 환한 미소로 보답한다. 방학 중에 맞는 딸아이의 생일은 여행 중일 때가 많다. 딸의 두 돌 생일에는 코타키나발루에서 못생기고 큰 케이크를 비싼 돈 주고 사기가 아까워 아이에게 생일을 비밀로 했더랬다. 생일날 생일인 줄도 모른 채 작은 섬에 들어가는 보트를 타고 무섭다고 엉엉 울던 아이에게 얼

마나 미안했던지, 그 이야기를 여태 딸에게 못 했네.

생일선물로 뭘 받고 싶은지 딸은 아직도 고민 중이다. 엄마가 사고 싶은 것을 마음껏 사주지 않는 편이라 이렇게 생일이나 어린이날같이 선물을 받는 날엔 무엇을 살지 아주 신중하다. 이렇게 고민하면 '그냥 다 사줄게' 해버리고 싶지만, 난 아이들을 풍족하게 키우고 싶지 않다. 부족함과 결핍도 꼭 필요한 경험이니 말이다. 절제할 수 있어야 가진 것에 만족할 수 있고, 작은 것에도 감사할 수 있다고 믿는다. 많이 고민해서 고른 만큼 생일선물은 분명 마음에 들 거야.

"공주에서 함께 보낸 너의 11번째 생일, 너무너무 축하해. 11년 전 오늘은 엄마 인생에서 가장 힘들었지만 가장 의미 있는 날이었단다. 인생에서 가장 감격스러운 날을 고르라고 한다면 엄마는 주저함 없이 네가 태어난 날을 꼽을 거야. 부족한 엄마를 온 마음 다해 사랑해 주어 고마워. 어떻게 그 많은 사람 중에 우리가 엄마와 딸로 만났을까. 엄마도 마음 다해 사랑한단다. 사랑하고 사랑해."

공주 피탕김탕: 충남 공주시 한적2길 41-11

공주 공산성: 충남 공주시 금성동 53-51

미세스피베리: 충남 공주시 번영1로 84-5

선물 같은 마지막 숙소

"조용히 좀 해!!"

운전대에 바싹 붙어 앉아 깜깜한 시골길을 찾아 헤매느라 잔뜩 예민해져 뒷좌석에서 한껏 신이 난 아이들에게 소리를 빽 질렀다. 가로등도 없고 인가의 불빛에 의지할 수도 없는 시골길은 유난히 어두운데 두 아이는 기분이 너무 좋은 나머지 오늘따라 심하게 떠든다. 몇 번이나 주의를 받다가 결국은 한바탕 혼이 나고 잠잠해졌다. 불쌍한 녀석들, 하지만 떠들 타이밍은 아니었어, 미안.

서산에서 출발해 공주에서 하루 온종일을 보내고 대전 바로 위(행정구역상으로는 청주)에 잡아둔 숙소로 가는 길이다. 놓칠 수 없이 좋은 에어비앤비 숙소를 발견하는 바람에 거리가 먼데도 마지막 숙소를 청주에 잡게 되

300

었다. 그러다 보니 밖은 이미 캄캄해졌는데 아직도 숙소를 찾아 헤매고 있다. 혼이 나고 시무룩해진 아이들은 잠시나마 침묵을 지켜주었고 덕분에 길 찾기에 집중한 엄마가 가까스로 숙소를 찾아냈다. 사방이 까맣게 물든 산 아래에 우아한 조명이 반짝인다.

'띵동띵동'

한눈에 봐도 마음 좋아 보이는 아주머니께서 문을 열고 나오신다. 처음 보는 아이들을 손꼽아 기다린 손주처럼 반갑게 맞아 주시는 분.

"춥지? 오느라 고생했어. 어서 들어와요. 여기, 여기로 와요."

아주머니가 안내하시는 곳을 따라가니 '열려라, 참깨' 하고 외쳐야 할 듯한 큰 문을 마주하게 된다. '짜잔' 하듯 힘껏 문을 열어젖히니 눈앞에 비밀 통로와 같은 계단이 나타난다. 이거 너무 재미있잖아? 모험의 나라에 입성한 것 마냥 모두 숨을 죽이고 조심조심 계단을 따라 올라갔다. 그리고 터져 나오는 탄성, "우와!!" 피아노, 흔들의자, 만화책이 잔뜩 꽂힌 책장이 한눈에 들어온다. 세모 지붕이 그대로 느껴지는 다락방이 이렇게 넓고 아늑하다니.

퇴직 이후의 삶을 위해 고심해 지으신 주인집에 우리가 사용할 곳은 2층 다락방이다. 새로 오픈한 게스트룸에 우리가 첫 손님이라 오픈 이벤트로 가격도 너무나 착한데, 모든 물건이 새것이다. 오기 전에 고기 구워 먹어도 되는지 여쭸더니 맛있게 구워 먹으라고 팬도 새로 사두셨단다. 아주머니께서 갖추어놓으신 물건 하나하나가 감동이다. 짐을 풀고 있으니 아주머니께서 두 손 가득 갖가지 빵과 과일을 푸짐하게 챙겨 올라오셨다. 얼마나 친절하고 인정스러우신지…. 길 가던 나그네를 맞아들여 극진히 대접하던, 이제는 소설에서나 볼 수 있는 '한국의 정'이 이런 거였을까, 하고 짐작해 본다.

빨간 머리 앤이 된 기분으로 신나게 창문을 열어보니 밤하늘 가득 별빛이 쏟아진다. 우리 여행의 마지막 날, 이곳은 마치 선물 같다. 저렴한 가격으로 좋은 숙소를 찾아냈다는 뿌듯함보다 낯선 곳에서 받는 누군가의 호의가 마음을 따뜻하게 한다. 인생도 마찬가지다. 나의 노력으로 맺은 결실의 뿌듯함도 귀하지만 내가 살아오는 동안 곳곳에서 받은 사랑이 나를 일으키는 힘이 된다. 문득, 곳곳에서 사랑받을 기회가 너무 줄어든 세상에서 우리 아이들이 자라가고 있다는 생각이 든다. 모르는 사람들에게 베푸는 호의를 낭비로 여기는 세상에서 자라는 아이들에게는 힘차게 살아갈 내적 에너지가 부족할 수밖에 없다. 아이 하나를 키우는 데는 온 마을이 필요하다는 아프리카의 속담에 고개를 끄덕인다.

딸의 생일 저녁 만찬을 위해 오는 길에 사 온 홍성 한우를 신나게 구워 먹고 배를 통통 두드리면서 주인아주머니께서 갖다 주신 새콤달콤한 귤을 까먹는다. 귤 까먹으며 만화책을 넘기는 겨울밤은 너무도 완벽하다. 오랜 여행을 마무리하기에 모든 것이 안성맞춤이다.

푹 자고 일어나니 동화 속에 들어온 듯한 사랑스러운 햇살이 우리에게 손을 내민다. 산 너머로 눈부시게 노오란 해가 고개를 내미는 시골 풍경이 정답기 그지없다. 씻고 나오니 두 아이가 서로 원두를 갈겠다고 티격태격하며 마련한 커피 한 잔이 나를 기다리고 있다. 아이들이 내려준 모닝커피 한 잔에 사과를 오물오물 씹으며 딸아이가 소꿉놀이하듯 스크램블 만드는 모습을 지켜본다. 자연스레 미소가 귀에 걸린다.

집으로 돌아갈 시간이다. 주인아주머니께 진심으로 감

사 인사를 드리고 숙소를 나섰다. 집에 오는 길 상주에 들러 딸아이가 좋아하는 연어 스시로 점심을 먹고, 산타 할아버지 선물 꾸러미만한 곶감도 한 봉지 산 후 드디어 대구를 향한다.

25박 26일의 여행이 이렇게 막을 내리는구나. 돌아보니 길 위에서 우리는 많이 자랐다. 내키지 않는 일에도 다른 사람을 위해 참아주고, 불편함을 견디며 맡은 일을 성실히 해냈다. 아이들은 엄마와 충분한 시간을 함께 보내며 즐거워하고, 엄마는 귀여운 아이들의 재롱에 마음껏 웃으며 서로를 깊이 누렸다. 누나와 동생이 재미있게 함께 놀았던 유년의 추억도 저장소에 잔뜩 쌓아두었다. 유년기의 행복했던 기억이 평생을 살아갈 힘이라 믿는 엄마는 아이들의 유년기 끝자락에 행복한 추억을 잔뜩 쌓은 것이 가슴 뿌듯하게 흡족하다. 엄마랑 같이 놀아줘서 고마워.

여행기를 꼭 닮은 우리의 일상

쓴다 쓴다 하며 질질 끌어오던 이야기를 한 해 휴직하고서야 드디어 마무리하게 되었다. 2019년 1월의 여행 이후 바쁜 일상을 살아내고, 또 다른 여행길을 쫓아다니다 보니 거의 5년이라는 시간이 흘렀다. 그 사이 10살, 12살 귀여웠던 아이들은 엄마 키를 훌쩍 넘은 14살, 16살의 사춘기 청소년이 되었지만 놀기 좋아하는 엄마는 여전히 놀 궁리에 여념이 없다.

사춘기를 지나고 있는 두 아이는 친구들과의 약속에 늘 바쁘고, 자기 방에 있는 시간과 핸드폰에 붙어 있는 시간이 많아졌지만, 각자의 열심으로 사춘기의 시간을 보내고 있다. 여전히 잦은 엄마의 여행 제안에 기꺼이 동참해 주고, 굵어진 목소리로 제법 진지하게 자신의 생각을 엄마에게 나누어 준다. 사춘기 두 아이의 엄마로 살아가는 시간이 때로는 불안하고 때로는 속이 터지기도 하지만, 함께 보낸 유년기의 추억이 엄마에게는 사춘기 아이들을 믿고 기다릴 수 있는 힘이 되고 있다.

엄마는 여전히 그림을 그리고 꾸준히 여행을 다닌다. 그림 실력이 좀 더 늘었고 자유 시간도 많아졌다. 딸아이는 수준급의 베이킹과 그림 실력을 갖게 되었고, 우리는 매년 딸아이가 만든 크리스마스 케이크에 불을 밝힌다. 온 가족을 야구에 열광하게 만들어 놓은 아들은 이제 농구와 축구에 빠져 열심히 공을 몰고 다닌다. 딸은 베이스 기타, 아들은 드럼을 배우며 새로운 취미 생활이 더해지기도 했다. 아빠는 음악과 영화로 자신의 취향을 고수하며 여전히 우리 모두의 취향을 존중하고 지지해 준다.

서해 일주 이후에도 우리의 여행은 계속되었다. 꾸준히 시간을 내어 대만, 일본, 몰디브, 말레이시아와 유럽을 다녀왔고, 코로나 시기에도 한 달 제주살이를 하고 작은 도시나 시골로 여행 다니기를 멈추지 않았다. 한 번의 여행이 우리를 변화시키는 것은 아니지만 다양한 형태의 여행이 켜켜이 쌓여 오늘의 우리를 만들었다.

또다시 그 여행을 일상에 옮겨 놓은 듯 우리의 일상을 신바람 나게 만들어간다. 덕분에 이 여행기는 지금 우리의 일상과 크게 다르지 않다. 다음엔 또 어떤 여행기가 펼쳐질지 기대하면서 지금은 즐거운 여행기를 꼭 닮은 우리의 일상을 성실하고 즐겁게 살아내고 있다.

2023.11.08.

publisher   instagram   lee yun mi

발맞추어 걷습니다

초판발행 2023년 12월 8일
지은이 이윤미
펴낸이 최대석 **펴낸곳** 행복우물 **출판등록** 307-2007-14호
등록일 2006년 10월 27일 **주소** 경기도 가평군 경반안로 115
전화 031-581-0491 **팩스** 031-581-0492
전자우편 book@happypress.co.kr
값 17,000원 ISBN 979-11-91384-83-3